Pasión en Italia
Catherine Spencer

Bianca®

HARLEQUIN®

MAR - - 2007.

Editado por HARLEQUIN IBÉRICA, S.A.
Hermosilla, 21
28001 Madrid

I.S.B.N.: 84-671-4336-3
Depósito legal: B-40870-2006
Editor responsable: Luis Pugni
Composición: M.T. Color & Diseño, S.L.
C/. Colquide, 6 - portal 2-3º H. 28230 Las Rozas (Madrid)
Fotomecánica: PREIMPRESIÓN 2000
C/. Algorta, 33. 28019 Madrid
Impresión y encuadernación: LITOGRAFÍA ROSÉS, S.A.
C/. Energía, 11. 08850 Gavá (Barcelona)
Fecha impresión para Argentina: 30.4.07
Distribuidor exclusivo para España: LOGISTA
Distribuidor para México: CODIPLYRSA
Distribuidores para Argentina: interior, BERTRAN, S.A.C. Vélez
Sársfield, 1950. Cap. Fed./ Buenos Aires y Gran Buenos Aires,
VACCARO SÁNCHEZ y Cía, S.A.
Distribuidor para Chile: DISTRIBUIDORA ALFA, S.A.

Capítulo 1

DESDE su posición en el tejado, Demetrio tenía una vista clara del coche que, conducido por un chófer, disminuía de velocidad para detenerse bajo el pórtico del chalet de al lado. Elegante y potente, el Mercedes reflejaba a la mujer que lo poseía.

Barbara Wade era una leyenda en el mundillo de los negocios internacionales, un monstruo para algunos. Estaba cerca de los sesenta años y había roto con la tradición hacía mucho, al aspirar a ser algo más que uno de esos accesorios cubiertos de diamantes que se conformaban con mantenerse a la sombra de su marido, o en el caso de la Signora Wade, de sus maridos. Por la información recopilada en *Forbes Magazine*, *Fortune 500* y publicaciones similares, había aterrorizado a los dos primeros y enterrado al tercero.

Sin embargo, aquella mañana no fue Barbara Wade la que se bajó del coche, sino una adolescente de piernas largas y delgadez elegante, con la piel de porcelana y el pelo castaño, brillante y liso que le llegaba hasta los hombros. Llevaba escrito las palabras *Princesa Americana* por todo el cuerpo. Demetrio supuso que era la nieta. Había oído hablar a los jardineros de la casa de al lado de que se esperaba su llegada.

Notando que estaba siendo observada, se detuvo a mitad de camino entre el coche y la puerta principal del chalet, levantó la cabeza y vio cómo la miraba.

Él supo lo que hubiera hecho cualquier trabajador pillado en una actitud tan descarada en aquella franja adinerada del barrio italiano entre Positano y Amalfi: mirar en otra dirección y simular que estaba observando el paisaje. Pero Demetrio Bertoluzzi estaba orgulloso de ser poco corriente y continuó mirando.

Lo que para él no era más que una bien arraigada veta de rebeldía mezclada con orgullo herido, ella lo interpretó como una clara imprudencia, y así lo indicaba la ofendida inclinación de su cabeza y la sutil rigidez de su espalda. Los obreros italianos sudorosos, desnudos de cintura para arriba y con un martillo en la mano, no se comían con los ojos, abiertamente, a lo mejor de las mujeres americanas, no si querían conservar su puesto de trabajo. Lo que ella no sabía era que él no obedecía a nadie. Era su propio jefe y podía mirar durante todo el día si le daba la gana.

Divertido, se permitió una sonrisa. Cuánto más la insultaría. Podía oírla:

—Abuela, ¿quién es el hombre de al lado?

—Un indeseable, cariño. Para nada el tipo de hombre que quieres conocer.

Podía asegurar que ella había conocido a muy pocos hombres y estaba seguro de que su cuerpo blanco de lirio no había sido descubierto por unas manos de hombre. Exudaba un aura demasiado desapasionada, demasiado intocable. De no haber sido tocado.

El sol de finales de junio brillaba en un cielo nublado bajo el que se extendía, hasta Sicilia, el Mar Tirreno. Entre ambos, y al borde de un escarpado acantilado, estaba situada Villa Delfina, llamada así por su difunta abuela y, actualmente su casa.

Se agachó para asir la botella de agua que estaba apoyada en una de las chimeneas y se la llevó a los labios sin quitarle el ojo a la chica en ningún momento.

Derrotada, finalmente condujo su mirada de él al tejado del chalet y de allí a las desteñidas paredes de estuco y a las polvorientas ventanas.

Supo lo que ella había visto. Habían pasado casi catorce años desde que la casa estaba vacía y descuidada y más de nueve desde que su abuelo, Ovidio Bertoluzzi, había muerto en prisión. Un final apropiado para un hombre a quien sus socios del hampa habían temido y odiado y a quien la sociedad decente había despreciado.

Al principio, Demetrio no quiso nada que le recordara a Ovidio, que había dejado su huella incrustada en los muros del chalet. Aunque estaba muerto, sus duros ojos y su fría voz estaban presentes en cada habitación. Sólo cuando se dio cuenta de que estaba dejando que el viejo lo controlara desde el más allá, Demetrio permitió que la conveniencia prevaleciera por encima del orgullo y decidió aceptar parte de su herencia, pero no la casa en la costa Amalfi. Los recuerdos eran demasiado dolorosos y las heridas todavía estaban abiertas. Le había llevado años el poder afrontarlo de nuevo e incluso, en aquel momento, no habría regresado si no hubiera sido por su abuela.

Esa casa y sus jardines habían sido su refugio. Los había amado al igual que había amado a Demetrio. Había sido la única persona que lo había hecho y por ella, él había regresado y lo había reclamado como suyo. Le hubiera roto el corazón ver la profanación causada por los vándalos y el daño producido por el clima, los roedores y el tiempo.

La princesa americana se había dado la vuelta horrorizada, sin duda, por lo que había visto en la casa de al lado. El vandalismo no se daba en las casas de la costa Amalfi, a no ser en casas que hubieran pertenecido a algún mafioso. En ese caso, se convertían en blanco de travesuras mientras las autoridades miraban hacia otro lado.

Su sonrisa desapareció mientras se pasaba el antebrazo por la boca para secarse el agua.

—Pero yo no soy una alimaña ni me voy a ningún sitio, princesa. Será mejor que te acostumbres —dijo en voz baja.

—Creía haber oído un coche. Cariño, ¿por qué te quedas aquí fuera con el calor que hace? Tengo bebidas frías esperando en la terraza —espléndida en un caftán de color bronce, su abuela descendió por las escaleras y envolvió a Natalie en un aromático abrazo.

Además de prendas de exquisito diseño y de atrevidas joyas únicas, Barbara Wade prefería el perfume Diva, seguramente la única fragancia apropiada para una mujer que reclamaba ser el centro de atención sin importar quien estuviera delante. Era franca, agresiva y glamurosa, pero al igual que tenía cabeza para los negocios, también poseía un corazón cuya ilimitada capacidad para amar se había centrado en Natalie más tiempo del que podía recordar.

—No sabes lo contenta que estoy de haber decidido pasar aquí el verano. Tú no cambias nunca, te lo agradezco —dijo Natalie mientras abrazaba a su abuela.

—He oído hablar de lo de Lewis, mi amor. ¿Estás muy dolida?

—A ninguna mujer le gusta que la dejen, pero nunca fue el amor de mi vida. En realidad, abuela, yo estaba a punto de dejarlo, pero se me adelantó.

—Tu madre pensaba que te ibas a casar con él.

—Mi madre *esperaba* que me casara con él y que olvidara mi carrera en Wade International, que es diferente.

–Sí, supongo que es diferente –la abuela la sometió a un escrutinio–. ¿Es por eso por lo que pareces un poco indispuesta? ¿Porque has discutido con mi hija?

–No –Natalie lanzó otra mirada al tejado del edificio de al lado; todavía estaba allí, apoyado en la chimenea y mirando de forma insolente. Un hombre peligroso en una misión peligrosa.

Sintió un escalofrío. ¿De dónde venía esa idea? ¿Por qué se le arrugaba la piel y sonaban campanas de alerta en su cabeza? Interesada en descubrir lo que había captado su atención, su abuela también miró hacia arriba.

–Me temo que el barrio se está echando a perder –afirmó bruscamente mientras acompañaba a Natalie al interior de la casa y la alejaba de aquella desconcertante mirada–. Espero que esa casa se ponga en venta y la compre alguien respetable, pero creo que no va a suceder.

Natalie no pudo reprimir una última mirada.

–¿Quieres decir que ese hombre es el dueño?

–Desafortunadamente, sí, cariño, pero eso no es asunto tuyo. No es bienvenido en el barrio y sabe bien que no se nos debe imponer.

Pero ya se le había impuesto a Natalie. Aunque a distancia, su descarada mirada parecía haber penetrado entre su chaqueta y su falda de lino para ver la piel y los huesos que cubrían. Ella se había sentido desnuda, molestamente expuesta, y no sólo físicamente. De alguna manera había llegado hasta el fondo de su interior y había invadido su parte más secreta, sus esperanzas y los sueños que no compartía con nadie.

–¿Por qué dices que no es respetable? – preguntó mientras seguía a su abuela por el fresco suelo de mármol del vestíbulo.

—Es un Bertoluzzi, con suerte el último de todos ellos. Son originarios de Crotone, donde son conocidos y temidos por estar vinculados con el crimen organizado. ¿Puedes creer que su padre fue asesinado por el jefe de una banda rival, quien, días más tarde, apareció muerto en un congelador? ¿Qué se puede esperar de alguien cuya vida entera gira en torno a desbarajustes y asesinatos?

Los ventiladores del techo daban vueltas lentamente. Una brillante lámpara de araña de cristal colgaba del hueco de la escalera. Grandes jarrones de porcelana importados de China rebosaban de flores que habían sido cortadas del jardín aquella misma mañana.

Natalie sabía que en su habitación también habría un ramo de flores y, en su cama, sábanas de algodón perfumadas con lavanda y bien planchadas. Encontraría jabón artesanal francés en su cuarto de baño, espesas y aterciopeladas toallas y cremas.

—¿Cuánto tiempo ha vivido aquí esa familia? —preguntó Natalie intrigada.

—Más de veinticinco años. El abuelo del dueño actual compró la casa.

—Incluso en aquella época debió de costar una fortuna. ¿Cómo pudo permitírselo?

Su abuela puso los ojos en blanco en un gesto de indignación.

—Algún tipo de extorsión. Puedes estar segura de que fue pagada con dinero sucio.

—Me sorprende que la asociación de vecinos diera el visto bueno a la venta.

—No lo hubieran hecho si lo hubieran sabido, pero la transacción la llevó a cabo de forma turbia por medio de un agente inmobiliario de la zona, quien todavía está involucrado en asuntos sucios. Los que ya vivíamos en el barrio no supimos quiénes eran los nuevos inquilinos hasta que se mudaron. Si lo hubiéramos sabido habríamos movido cielo y tierra con tal de impedir la venta. Pero los tiempos han cambiado y nadie va a permitir que el joven señor Bertoluzzi haga nada sospechoso. Si pone un pie al otro lado de la ley, deseará no haber regresado por aquí.

La abuela dejó el tema de la tristemente célebre familia de al lado.

—Romero servirá el almuerzo en breve y todavía no me he tomado el vodka con tónica de aperitivo.¿Quieres uno o prefieres vino?

—Vino, por favor —respondió Natalie mientras seguía el ritmo de su abuela al atravesar la casa a zancadas hasta el gran patio sombreado que daba al mar.

No importaba lo frecuentemente que visitara Villa Rosamunda, la primera vez que miraba la amplia extensión de mar y cielo, se quedaba sin respiración. Por lo inclinado del terreno, el jardín caía en una serie de terrazas, dejando al espectador una vista ininterrumpida desde el pueblo de Amalfi.

En la terraza superior, la más grande con diferencia, había grandes arbustos de hibisco de color melocotón, salmón y rojo alrededor de la piscina azul topacio. Detrás de la balaustrada que separaba el recinto de la piscina de los jardines de las terrazas inferiores, crecían buganvillas naranjas y moradas, mientras que un grupo de limoneros marcaban el límite entre su jardín y el de los vecinos de uno de los lados. La casa de *él* quedaba al otro lado.

Más fascinada de lo que debería estar por la revelación de que el paraíso mediterráneo de su abuela había sido contaminado por el crimen organizado, Natalie esperó hasta que sus bebidas habían sido servidas, para comentar:

—Tú tienes esta casa desde hace mucho tiempo, ¿cómo es que nunca te he oído mencionar a la familia Bertoluzzi hasta ahora?

—Porque, como habrás podido observar en visitas anteriores, su casa ha estado vacía muchos años. Ovidio Bertoluzzi, el patriarca, terminó en prisión y su mujer murió poco después. Ella era un encanto, amable y hermosa. Uno se pregunta por qué se casó con un hombre como ése, cuando debía de haber muchos otros decentes que hubieran estado encantados de estar con ella.

—A lo mejor lo amaba —comentó Natalie.

—Eres una romántica, cariño, y no es la mejor cualidad para una mujer que está predestinada a dirigir Wade International algún día, pero, de todas formas, es entrañable.

—No veo por qué son cosas incompatibles. Tú te has casado tres veces, pero nunca dejaste que te retuvieran.

—Supongo que el amor y los negocios pueden mezclarse cuando existe la combinación adecuada de personalidades. Desafortunadamente, los hombres lo suficientemente fuertes como para tratar con una esposa con mucho éxito no son fáciles de conseguir. La mayoría tiene miedo de terminar desprovistos de su masculinidad.

—Creo que eso fue lo que asustó a Lewis.

—Entonces está bien que te hayas deshecho de él.

—Lo sé —dijo Natalie y se preguntó por qué le había venido a la cabeza, de forma inmediata, el pensamiento de que haría falta mucho más que éxito para asustar al hombre de al lado.

—¿Cómo están las cosas por casa, Natalie? ¿Pasas mucho tiempo allí?

—No tanto como mi padre quisiera. No entiende por qué, con lo que él llama «toda esta tecnología moderna» no puedo tratar con la oficina de Boston a distancia.

—Eso es porque no puede ver más lejos de un campo de golf o de su yate. También se casó por dinero.

—Eso no es por lo que él y madre están juntos. Se quieren mucho.

Barbara nunca había apreciado la naturaleza apacible y amable de su yerno y nunca lo haría. Sabiendo que en ese tema su abuela y ella habían decidido no estar de acuerdo, Natalie continuó con la cuestión, más interesante, del señor Bertoluzzi.

—Entonces, deduzco que te sorprendió saber que tenías un nuevo vecino.

—Me horrorizó. El lugar había estado abandonado tanto tiempo, que todos esperábamos que se cayera y que fuera su final y el de los Bertoluzzi, pero una mañana apareció su nieto conduciendo una camioneta llena de herramientas y material de construcción. Desde entonces no hemos tenido un día de paz.

—Quizá esté arreglando la casa para venderla.

—Eso espero, cariño.

Como solía ocurrir después del largo vuelo trasatlántico, su reloj biológico estaba desquiciado y, aunque aquella noche se acostó poco después de cenar, se levantó a la una de la madrugada. Como ni siquiera el rítmico murmullo de las olas logró adormecerla de nuevo, salió al balcón. Se apoyó en la barandilla y comenzó a distinguir mejor el jardín de debajo, cuando sus ojos se acostumbraron a la oscuridad. Cerca de sus pies, el recién abierto capullo de una rosa que había trepado la veranda de hierro forjado parecía de un color tan oscuro como la sangre. Se agachó para olerlo, pero, enseguida, se levantó, al llegarle otra fragancia.

Venía flotando desde el otro lado del muro, del este. Se dio cuenta de que era citronella para ahuyentar insectos y, poniéndose de puntillas, detectó la luz de una vela colocada en una lámpara a prueba de viento sobre el muro de un balcón del piso superior de la casa de al lado.

Algo se movió a la izquierda de aquello captando su atención. Bertoluzzi estaba sin hacer nada con una cadera apoyada en la pared y Natalie se preguntó cómo no se había dado cuenta antes de que estaba allí. Una lámpara en la habitación que había detrás de él emitía una luz tenue, que dejaba su cara entre sombras y su camiseta blanca resplandeciente, dándole una apariencia fantasmagórica.

Cuando Natalie lo vio, él levantó un vaso y lo sostuvo sin moverlo en un silencioso brindis. Después se lo llevó a los labios y bebió. Había un toque de insolencia en cada uno de sus movimientos que hizo que Natalie supiera que la había visto mucho antes de que ella se hubiera dado cuenta de su presencia, que la había estado mirando desde que había salido al balcón.

Quiso entrar en la habitación y esconderse detrás de las transparentes cortinas, pero el orgullo hizo que se quedara. Era consciente de que llevaba puesta muy poca ropa pero lo enfrentó desafiante.

¿Cómo sería de cerca?, se preguntó repugnada y fascinada al mismo tiempo. No necesitaba los cuentos de su abuela sobre las deficiencias de su familia avisándola de que se alejara de él. Su aura de masculinidad lo hacía diferente a otros hombres que había conocido, como los socios de algún club o los políticos designados que, si hacían incursiones en dudosos negocios, contratarían a un hombre para que se ocupara de ellos, antes de ensuciarse las manos. Pero Bertoluzzi no. Si había un trabajo sucio que hacer, ella no tenía duda de que él se ocuparía personalmente.

¿Cómo se llamaba? ¿Cuántos años tenía? ¿Estaba casado? ¿Tenía novia? Esto último no, decidió Natalie; una novia era inapropiada para un hombre como él. Sería más probable que tuviera una amante, quizá la mujer de otro hombre. Podía imaginar a una pobre criatura engañada, seducida por su descarada mirada. Sin duda era un buen amante, o eso parecía. No tendría problemas convenciendo a una esposa para que rompiera sus votos matrimoniales y pasara una o dos noches prohibidas con él.

Espantada por sentir una curiosidad que le había dejado los pezones clavados en el fino camisón y un dulce dolor en la boca del estómago, Natalie decidió terminar con aquella situación antes de sentirse más avergonzada. Pero no lo hizo lo suficientemente rápido. Cuando iba a apartar la mirada, él salió del balcón, ágil como un animal de la jungla y al llegar a la puerta se detuvo para mirarla una vez más y levantar la mano saludando.

Entonces el orgullo desapareció. Con las mejillas ardiendo dio vueltas por la habitación como un conejo asustado. No estaba segura, pero pensaba, mientras cerraba las puertas, que podía oír su distante risa flotando en el aire de la noche.

Capítulo 2

CUATRO días después, ¿realmente tomó el camino equivocado para volver de la playa?, ¿o se descuidó, a propósito, para curiosear con discreción? Daba igual, subir el acantilado fue agotador. Desafortunadamente, cuando llegó arriba y saltó el muro cubierto de parras para pasar al descuidado jardín vecino, la curiosidad se había transformado en un patético ataque de cobardía. Aunque la suerte estaba de su parte. No había rastro de él y, a juzgar por el lejano ruido de una sierra eléctrica, estaba demasiado ocupado como para darse cuenta de que su casa había sido invadida.

Además, un grupo de arbustos impedían que fuera vista. Si hubiera tenido sentido común, se habría agachado y dirigido a la puerta principal y habría salido a la calle en cuestión de minutos sin que él se hubiera enterado. Pero parecía que la discreción la había abandonado esa mañana y que él, al igual que su propiedad, la fascinaban. Había vivido rodeada de lujo toda su vida. Creció en una mansión en primera línea de playa en Talbot County, en el estado de Maryland, atendida por devotas niñeras y criados. Había visitado, en sus viajes, palacios reales y otros edificios cuya arquitectura era legendaria. A pesar de todo aquello, se sentía atraída por lo que estaba viendo. La destartalada casa de los Bertoluzzi tenía misterio y una especie de dignidad que no pasaba desapercibida.

No tenía excusa para cruzar la puerta abierta que había al fondo de un patio y no tenía derecho a asomarse dentro, pero pensar en ello no la detuvo, sino que aumentó su curiosidad. No tardó en llegar al umbral y entrar en una especie de cocina con el suelo de baldosas de terracota, rotas en algunos sitios e inexistentes en otros. Había un viejo fregadero debajo de la ventana con un bloque de mármol en un ángulo peligroso desde la pared de al lado. Una vieja nevera sonaba en una esquina.

En el centro, una plancha de contrachapado sobre unas borriquetas servía como mesa. Tenía encima una taza, una botella vacía de agua mineral y una cocinilla eléctrica. Acalorada y sedienta, Natalie dejó su bolsa de playa y sus gafas de sol encima de la mesa y se preguntó si el agua de la casa era potable. Probablemente no, dada la mancha de óxido que había en el fregadero y el hecho de que él bebía agua mineral. Lógicamente debía de tener una reserva y no había que ser un genio para averiguar dónde.

Abrió la puerta de la nevera y encontró una docena de botellas de agua o más, al igual que suficiente cerveza como para abastecer a diez personas durante una semana. Sin dudarlo, bebió.

Había sido criada para ser escrupulosamente honesta y, normalmente, se hubiera sentido horrorizada por robar, pero, ese día, no se estaba comportando como de costumbre, quizá, pensó mareada, porque la deshidratación la había vuelto un poco loca. ¿Por qué otra razón iba a merodear por la casa de un desconocido como si fuera la suya? Pero en aquel momento, su objetivo era acabar con la sed, ya se preocuparía más tarde de los modales. Echó la cabeza hacia atrás y bebió la mitad de una botella antes de continuar explorando la habitación.

Había una camisa de hombre colgada de un clavo en la pared. Era de algodón, pero numerosos lavados habían hecho que la tela fuera tan suave como la seda. No había rastro de ninguna presencia femenina. ¿Se hacía él cargo de lavar su ropa y cocinar en la pequeña cocinilla?

–La casa no vale mucho, pero el terreno cuesta una fortuna –había afirmado Barbara en la cena del otro día–. ¿Por qué no la vende y se muda, en lugar de arreglar algo que no merece la pena? Si la vendiera, podría vivir bien toda su vida con lo que le pagaran, lejos de aquí, por supuesto.

Su abuela había señalado algo importante. Las propiedades como aquélla, de extensos terrenos y vistas de un millón de dólares, atraerían compradores como la miel a las abejas. Si podía vivir bien en otro lugar, ¿por qué un hombre sin esposa o hijos quería restaurar una casa tan grande? Aparentemente, no tenía sentido.

De camino a la puerta trasera, Natalie echó un vistazo fuera. Las rosas crecían salvajes y se enredaban con las buganvillas y otro tipo de parra del que no conocía el nombre. Lo que en algún momento debía de haber sido césped se había convertido en hierbas que se esparcían entre las antiguas baldosas de piedra que hacían caminos.

Se oía el canto de los pájaros, acompañado por el murmullo de una cascada cuya agua descendía por una pared de piedra natural hasta una piscina atravesada por un puente. A pesar de que el resto del jardín no había sido cuidado en años, la piscina relucía y estaba en uso.

¿Por qué no se había mudado? ¡Ella lo sabía!

Incluso en ese deplorable estado, no era un lugar muy difícil donde vivir. Era tranquilo, un ambiente que nada tenía que ver con el crimen, que hablaba de satisfacción y de pasiones románticas, no de sangre. Había habido gente que había vivido y amado allí, mucho antes de que los Bertoluzzi se hubieran mudado. Había albergado el primer llanto de un bebé, la risa de los niños y los susurros cariñosos entre un hombre y una mujer enamorados.

—¿Qué dirías si pudieras hablar? –murmuró Natalie.

—Imagino –una voz grave y exótica llegó del cuarto que tenía detrás– que lo primero sería: ¿qué demonios piensas que estás haciendo invitándote y sintiéndote como en tu casa?

Se giró con un sentimiento de culpabilidad tan grande que la botella de agua se le cayó de las manos. Bertoluzzi se apoyó en la entrada que separa la cocina del resto de la casa. Estaba tranquilo, con un pulgar metido en su cinturón, pero ella tuvo la certeza de que si echaba a correr, la atraparía antes de que llegara al umbral de la puerta trasera.

Llevaba unos vaqueros desteñidos que se ceñían a su delgada cadera. La suave, morena y musculosa carne encima de ellos hizo que la boca de Natalie volviera a secarse. Tratando de ignorar que estaba desnudo de cintura para arriba, otra vez, y que tenía un cuerpo escultural, lo miró a la cara, de nuevo.

Tenía unos pómulos prominentes, una mandíbula fuerte, una boca sensual, una mirada firme, una expresión ilegible... ¿Era ángel o demonio? Ambos, decidió. Su humor determinaba cuál de los dos predominaba en cada situación y, en aquel momento, tocaba al demonio.

—Bueno, ¿qué se dice?

—Lo siento. Me equivoqué de camino en la playa y me encontré en tu jardín.

—Pero no estás en mi jardín. Estás en mi casa, bebiendo mi agua y ensuciándolo todo.

—Lo sé —miró la habitación buscando una escoba, pero no la encontró–, lo limpiaré.

—Claro y, mientras lo haces, piensa en otra cosa que explique tu presencia aquí. Incluso si te equivocaste de camino en la playa... —su pausa dejó claro que no la creía– no puedes esperar que me crea que, una vez que llegaste a mi casa la confundiste con la de tu abuela.

—¿Cómo sabes que es mi abuela?

Él se metió más en la cocina y esbozó una ligera sonrisa que era todo menos divertida.

—Pocas cosas de las que pasan por aquí se me escapan.

«Es un Bertoluzzi... su padre fue asesinado por el jefe de una banda rival...». A pesar de que el sol inundaba la cocina, Natalie sintió un escalofrío al pensar en las palabras de su abuela. La había pillado entrando en su casa sin permiso, nadie sabía que estaba allí e incluso si tenía fuerzas para gritar, nadie la oiría. Sin mostrar que estaba asustada dijo en voz alta:

—Estoy segura de eso. Dejaste claro a mi abuela tu interés en mi llegada. Dime, ¿pasas mucho tiempo espiando a tus vecinos o fue casualidad que me vieras llegar?

—No creo en las casualidades, al igual que no creo que entraras en mi casa por error, así que dime, princesa, ¿por qué estás aquí? Y esta vez sé sincera.

Era un hombre grande y fuerte, de treinta y tantos años, pensó ella, con la planta dura de un obrero. Su negro pelo, corto para domar sus rizos, brillaba con el sudor, al igual que su piel morena. Lo que más la impresionó fueron sus ojos, de color azul claro, que ponían la puntilla en una cara que ya era inolvidable. Decir que era guapo era comedido. «Sensual», «apasionado» y «peligroso» eran términos que debían de haberse inventado pensando en él.

−¿Te ha comido la lengua el gato, princesa? ¿O te has acordado de que la abuela te dijo que no hablaras con tipos como yo?

¿Tipos como él? Nunca se había topado con nadie como él. Nunca se había enfrentado a un magnetismo tan ardiente.

−No me gustan ni tu tono ni tu actitud −declaró tratando de que sonara a arrogante desdén, pero temiendo que se quedara en simple excitación.

−Si te han educado tan bien, ¿cómo es que no te han enseñado que mirar fijamente es una grosería?

Ella se sonrojó y quitó la mirada de su impresionante torso.

−No estaba mirando.

−Claro que lo estabas.

Bertoluzzi fue hasta el fregadero y metió la cabeza bajo el grifo. Después de un gorgoteo, salió un chorro de agua que le mojó el pelo y los hombros.

Sin poder evitarlo, ella miraba cada movimiento que hacía al escurrirse el pelo. El agua que descendía por su barbilla formaba un charco en su pecho y se perdía dentro de la cintura de los polvorientos vaqueros. Era más hombre que los hombres que había visto antes.

Una vez, después de haberse reunido con Lewis en su casa para cenar, éste la había agarrado cuando iba a sentarse en el sofá y la había puesto contra la pared.

−¿Por qué no llevamos esto al dormitorio, cariño? Ya es hora, ¿no crees?

Ella había girado la cabeza a un lado y lo había empujado.

−Me parece que no.

Herido por su reacción y, probablemente sintiéndose estúpido, la había soltado y le había preguntado:

−¿Por qué no? ¿Para quién te estás reservando, Natalie?

«Para ti, no», le había dado a entender una mirada furiosa y, farfullando una disculpa, se había ofrecido a llevarla a casa.

Pero, de repente, su pregunta resurgía. ¿Para quién se estaba reservando?

La respuesta llegó con tanta certeza que se quedó boquiabierta y tuvo que meterse la mano en la camiseta para que le saliera el calor por el cuello.

«Para un hombre como usted, señor Bertoluzzi».

No había oído nada bueno sobre él, pero su primera impresión había resultado verdad. Sería un experto amante. No habría nada torpe en sus movimientos. Nunca tendría que disculparse, y Natalie sospechó que ninguna mujer querría que lo hiciera. ¿Era por eso por lo que su romance con Lewis había terminado antes de florecer? ¿Porque estaba basado en la conveniencia? ¿Le había faltado pasión? ¿O, simplemente, le había dado mucho el sol aquella mañana y había perdido la cabeza por completo?

Miró la cara italiana otra vez y se dio cuenta de que él la miraba. Aquellos ojos azules le estaban registrando el rostro y leyendo cada una de sus expresiones. Entonces, descaradamente, él bajó la mirada hasta sus muslos, como si supiera que estaban temblando, como si supiera que la carne que había entre ellos estaba caliente, húmeda y dolía.

Con las rodillas flojas, Natalie se agarró al quicio de la puerta. ¿Qué le estaba pasando? ¿Dónde estaba su cordura, que la simple mirada de un hombre como aquél la podía abrasar de tal manera que estaba dispuesta a entregarse a él? Recuperando la dignidad perdida, dijo con dificultad:

—Sé que te debo una disculpa. Para que conste, no apruebo la entrada ilegal en un sitio ni el robo, del mismo modo que no apruebo el asesinato.

–Una comparación interesante. Estás informada, ¿verdad?

–No, ¿y usted?

Esa frase se le había escapado de la boca. Horrorizada, se tapó la boca con la mano y se quedó helada. ¿Por qué había mencionado la palabra «asesinato»?

Él miró a un lado, pero antes, ella pudo ver que sonreía.

–¿Tú que crees, princesa?

–Que ya he abusado bastante de su hospitalidad. ¿Tiene algo con lo que pueda limpiar todo esto?

Él desapareció por la puerta por la que había entrado y regresó con una escoba y un recogedor. Ella los tomó con cuidado para que sus dedos no tocaran los de él y comenzó a barrer la botella rota. Estaba demasiado nerviosa como para poder hacerlo bien. Por cada trozo de cristal que lograba echar al recogedor, tres se le caían y los pedazos más pequeños se habían depositado entre las baldosas del suelo y no salían de ahí. Durante todo el rato, él tenía sus azules ojos clavados en ella y no decía una palabra.

Deseó llevar puesta una falda que la cubriera hasta los tobillos y una blusa de manga larga con botones hasta el cuello o, mejor, un hábito de monja. Cualquier cosa que no fueran sus pantalones cortos y la camiseta sin mangas que le habían parecido tan apropiados por la mañana.

–¿Qué va a pensar de mí? –murmuró, nerviosa por su persistente mirada y avergonzada por su ineptitud.

Él la miró de arriba abajo y, con la sonrisa en la boca otra vez, le respondió:

–Señorita, le aseguro que no quiere saberlo.

Evidentemente, su respuesta era una insinuación. Si le hubiera pasado el dedo desde el cuello hasta la ingle, no la habría hecho temblar más. Él se dio cuenta y se aproximó a ella. Temblorosa, cerró los ojos en el último momento. No quería ver lo que iba a suceder. ¿La besaría? ¿La acariciaría? ¿O le haría otra cosa antes de matarla? Ella sólo quería sobrevivir.

Matar. Su abuela le había advertido sobre aquel hombre. ¿Por qué no la había escuchado? Estaba indefensa y en sus manos. Oyó sus pasos acercarse, sintió el calor de su piel y olió su aroma a sudor, sol y serrín. Después sintió cómo ponía las manos en las suyas y cómo su respiración le llegaba a la cara.

–Sugiero –murmuró quitándole la escoba y el recogedor– que te vayas antes de que te manches los pantalones.

Agarró su bolso y sus gafas de sol y salió disparada de la habitación al camino de entrada. Sin duda, pensaba que aquel hombre era la reencarnación del diablo. Sabía que para los vecinos era un parásito de la sociedad. Los pecados de su padre, y también de su abuelo y las generaciones precedentes, no iban a ser perdonados fácilmente.

Debería estar avergonzado por haberla asustado tanto. Ella había puesto los ojos como platos cuando se le había acercado y él creyó que se iba a desmayar. Por un momento le dio pena y quiso agarrarla por los temblorosos hombros y convencerla de que no iba a hacerle daño. Tendría que haber estado muerto para no haberse dado cuenta de lo bella que era, una verdadera purasangre, fina, de estructura elegante, de piel clara y pelo brillante.

Haberle puesto una mano encima habría sido buscarse problemas innecesarios. No había vuelto a Villa Delfina para manchar, todavía más, la reputación que había heredado. Había vuelto para probar que un hombre merece ser juzgado por sus propios actos y no por los de sus antepasados.

Deshacerse de su presencia había sido más fácil que quitársela de la cabeza. Había pasado la tarde pensando en ella y en los verdaderos motivos de su visita, en lugar de concentrarse en apuntalar las escaleras.

Que se había equivocado de camino era una mentira inocente. Probablemente había querido ver cómo era, de cerca, un hombre grande, malo y peligroso como él, pero no se había imaginado que iba a ser pillada en plena acción. Era demasiado joven, demasiado inocente y demasiado refinada. Liarse con ella habría sido como invitar a una multitud a que lo lincharan. Menos mal que había sido lo suficientemente inteligente para echarla antes de sucumbir a la tentación.

Capítulo 3

HOY he visitado a tu vecino —dijo Natalie durante la cena.

—¿A los Brambilla? —preguntó sorprendida—. Pensé que estaban fuera esta semana.

—Estoy hablando de tu otro vecino, el señor Bertoluzzi.

—Dios mío, niña, ¿en qué estabas pensando?

—Me parece interesante.

—Al Capone me parece interesante y si estuviera vivo y se mudara a la casa de al lado, por sensatez, trataría de evitarlo.

Después de recuperarse de su indecorosa mañana, Natalie le había dado vueltas a su encuentro con el vecino y había llegado a la conclusión de que si era tan malo como decían, ella le había dado la oportunidad de demostrárselo. Como había escapado sólo con el orgullo algo machacado, se sentía en la obligación de defenderlo.

—No pienso que el señor Bertoluzzi sea como Al Capone. Por lo que sé, su único pecado ha sido no irse de su casa y no puedo culparlo por ello. Yo tampoco me desharía de ella si fuera mía.

Deliberadamente, su abuela soltó el tenedor y miró a Natalie como miraba a los trabajadores de Wade que hacían algo mal.

—No es el tipo de persona que nos gusta, como tampoco gusta a nadie de la zona.

—¿Cómo sabes eso?

—Ya te lo he dicho. Su familia tenía relación con...

—El crimen organizado, sí, no lo he olvidado.

—¿Y te acuerdas del resto, de su abuelo, su...?

—De todo, pero ¿qué tiene que ver con él?

—Bueno, cariño. De tal palo, tal astilla.

—¿Cómo puedes decir eso y quedarte tan tranquila? La mayor preocupación de mi madre es quedar con sus colegas para comer y tener su agenda al día y mi padre no sabe la diferencia entre un bono y un pagaré y no le importa y, sin embargo, tú quieres que su hija te sustituya al frente de Wade International.

—Porque nosotros somos diferentes.

—No, no lo somos. Nuestra familia también tiene ovejas negras.

—Nada comparado a esto, Natalie. El asesinato, la extorsión y la cárcel no son parte de nuestra historia.

—El bisabuelo Wade apostaba.

—Pero no hacía trampas.

—No que tú sepas, pero pocas veces perdía. Si lo que quieres es manejar hechos, sus victorias a menudo dejaban a otros hombres en la ruina. Algunos dicen que si hubiera vivido lo suficiente, habría terminado con todo el condado de Talbot en su bolsillo.

—Era un astuto inversor.

Al oír aquello, Natalie no pudo contener una risa de descrédito.

—Deberías escucharte a ti misma. ¡Se aprovechaba de las debilidades de los demás! Se rumorea que un pobre hombre se ahorcó porque lo había perdido todo jugando al póquer con Edgar Wade.

—Aquellos hombres eran libres para decidir no jugar más. No es culpa de tu bisabuelo que fueran idiotas.

—¡Exactamente! Como tampoco es culpa del señor Bertoluzzi que su padre y su abuelo fueran criminales.

—Escucha, Natalie. Hay familias honestas que han sufrido mucho a causa de los Bertoluzzi, madres que han temido por la inocencia de sus hijas adolescentes, esposos y padres que han sido extorsionados, hijos que han desaparecido sin ninguna explicación y casas que han sido quemadas.

—Todo eso pasó hace mucho.

—Sí, pero la gente todavía lo recuerda.

—Claro, ¿quién podría olvidar una tragedia así? Pero un hombre es inocente hasta que se demuestre lo contrario y el señor Bertoluzzi no ha hecho nada sospechoso. Por cierto, ¿cómo se llama? Me parece ridículo tratarlo de señor.

—No estoy segura, Damiano o algo parecido. Es ridículo que estemos teniendo esta conversación.

—Condenarlo al ostracismo no hará que se marche.

—Debería.

—No, abuela. No me ha parecido alguien que se preocupe por su popularidad.

—¿Y tú, Natalie? ¿Te has parado a pensar cómo afectará a tu credibilidad como cabeza de Wade International el defenderlo?

—¡Por favor! Estoy hablando de llevarme bien con el vecino, no de cederle parte de la compañía.

—No todo el mundo lo verá de esa manera. Amigos y vecinos tienen acciones de WI. Tú todavía eres joven e inexperta, pero tienes que reconocer que sembrar la desconfianza entre los inversores puede tener consecuencias nefastas a largo plazo y ése es exactamente el riesgo que corres si insistes en relacionarte con ese hombre.

–No insisto en relacionarme con él, lo único que sugiero es...

¿Qué, exactamente? ¿Que lo invitaran a desayunar de vez en cuando? ¿Que intercambiaran flores de sus jardines por encima de la valla? Porque si era sólo aquello lo que tenía en la cabeza, ¿por qué se acaloraba al pronunciar su nombre? ¿Para qué mencionarlo?

Incapaz de contestar algo razonable, cerró la boca.

–¿Sí? –Barbara la miraba expectante.

–Nada –estaba obsesionada por un hombre que no había mostrado ningún interés por ella–. Tienes razón, debería salir más.

Animada al entender aquello, pasó la siguiente semana de visita en casa de su vieja amiga del colegio y periodista residente en Roma, Theresa Lambert. Fueron a un concierto en el Coliseo, a comer en el corazón del distrito de la moda y a una exposición de arte en El Vaticano. Mientras Theresa trabajaba, Natalie iba de tiendas o volvía a sus monumentos favoritos. La mayoría de las tardes salían con amigos de Theresa que las invitaban a cenar. Eran hombres con encanto, atractivos, cultos y educados, pero ninguno impresionaba a Natalie de forma especial.

–¿Bien? –la saludó su abuela de vuelta a Villa Rosamunda–. ¿Lo has pasado bien?

–Estupendamente –respondió cuando, de hecho, no había podido regresar a Amalfi antes.

–¿Has conocido a alguien interesante?

–Sí, la vecina de Theresa es una viejecita encantadora.

–Sabes que no quiero oír hablar de viejecitas encantadoras. Estás jugando conmigo, Natalie.

–Sí, he aprendido de ti. Me has enseñado bien –dijo alegre, al oír la música de la sierra eléctrica que provenía de la casa de al lado.

Unos días después recibió una llamada del dueño de una tienda de arte de Positano que la informaba de que la lámina antigua que había encargado por el cumpleaños de su abuela estaba enmarcada y lista para que la fuera a buscar. Era una mañana preciosa y, en lugar de ir en coche, decidió caminar los ocho kilómetros que había hasta el pueblo. El ejercicio, después de las cenas de Roma, le sentaría bien, ya que la ropa le quedaba algo ajustada. Además, evitaría el tráfico del paseo marítimo al tomar el sombreado y tranquilo camino del acantilado.

Positano estaba abarrotado de turistas, pero ni siquiera la muchedumbre podía estropear el encanto de sus casas de colores que habían tomado la ladera de una colina. Después de recoger su lámina, entró en una boutique tentada por la extravagancia de sus sombreros y salió con uno de ala ancha que tenía un ramo de amapolas de adorno. Con el fin de descansar y evitar el sol de mediodía se sentó a comer en un bonito restaurante de la playa.

Pasadas las dos y media de la tarde emprendió el camino de vuelta, pero no había recorrido un tercio del camino cuando la correa de su sandalia izquierda se rompió. No tenía nada con lo que poder sujetarla a su pie, por lo que la suela se volteaba alrededor de su tobillo. Por si fuera poco, se dio cuenta de que el móvil no tenía batería y no podía pedir ayuda.

Con, por lo menos, otros cinco kilómetros de distancia por un camino que no había sido diseñado para ir descalzo, no tuvo más remedio que atravesar los matorrales para llegar a la autopista. Pasó un autobús seguido por una fila de coches cuyos conductores estaban demasiado concentrados en las curvas como para apartar la vista de la carretera y ver a una mujer en la cuneta. Después de veinte minutos, comenzó a caminar lentamente, deteniéndose cada vez que oía el ruido de un vehículo que se acercaba, pero no tuvo éxito.

Cuando ya no esperaba un milagro, una camioneta cargada de madera se aproximó y, pensando que si sacaba el pulgar pasaría de largo, se quitó el sombrero para hacer señas y captar la atención del conductor. Éste frenó al verla. Ella se puso el sombrero, agarró la lámina y cojeó hasta donde había parado la camioneta debido al calor que desprendía el asfalto y a la ampolla que le había salido en el pie.

—Gracias, es mi salvación —dijo cuando alcanzó la puerta de la camioneta.

—¿Estás segura? —preguntó el conductor—. La última vez que hablamos tuve la impresión de que pensabas que era un asesino.

Al oír su voz, le dio un vuelco el corazón. Estaba despeinada, con la camisa pegada a la espalda por la humedad y sin querer saber qué aspecto tenía su cara. Él estaba en el asiento del conductor con un brazo apoyado en el volante. Llevaba vaqueros desteñidos, otra vez iba sin camiseta y, otra vez, estaba para comérselo.

—¿Qué le pasa? —preguntó apartando la vista de aquellos lustrosos músculos—. ¿Tiene que enseñar su cuerpo siempre?

—Sólo cuando espero a alguien a quien le va a impresionar —contestó sin intentar ser discreto al examinarla a ella.

—Yo no estoy impresionada —mintió.

—Yo tampoco estoy impresionado. Sé que las cabezas con corona no son, normalmente, famosas por el poder de su mente, pero incluso la más tonta llevaría unos zapatos apropiados para caminar si decidiera dar un paseo.

—Se me ha roto la sandalia.

—Las sandalias no son zapatos apropiados para caminar.

—No soy de las que usan botas.

—Entonces, ¿qué eres, princesa?

—No voy a quedarme aquí todo el día escuchando su opinión sobre mí, ¿me va a llevar o no?

—¿Por qué crees que he parado?

—Entonces cállese y ayúdeme a entrar —dijo, enfadada mientras intentaba subir su cansado cuerpo a la camioneta. Él la agarró de la cintura y tiró de ella hasta que quedó, tumbada boca abajo, prácticamente sobre su regazo.

—De nada. Apreciaría que respetaras a mi otro pasajero.

Se incorporó y estuvo a punto de preguntar: «¿qué otro pasajero?», cuando vio que la miraba un cachorro de menos de dos meses envuelto en su camisa. No había caído encima de él de milagro.

—Eres adorable —comentó mientras lo tomaba en sus brazos.

Al contrario de los perritos que había visto antes y que se quedaban extasiados con sus atenciones, aquel patético saco de huesos sólo alcanzaba a retorcerse. A pesar de estar envuelto en la camisa, pudo sentir sus costillas y tenía el negro pelo sucio. Retirando un trozo de camisa, lo inspeccionó de cerca.

—¿Es éste su perro?

—¿De quién si no?

—Debería darle vergüenza.

—¿El qué, princesa?

—Está muy delgado, tiene pulgas y, probablemente,

también lombrices. Es el perro peor cuidado que he visto. Necesita que lo vea un veterinario. ¿Desde cuándo lo tiene?

—Desde hace un par de horas.

—¿Sólo? ¿Por qué no me lo ha dicho?

—No me lo preguntaste.

—¿De dónde lo ha sacado?

—Lo encontré en una caja de cartón en un callejón de Nápoles.

—¿Lo rescató?

—Sí. Hoy debe de ser el día de recoger vagabundos.

—Muy gracioso —acarició la cabeza del cachorro con la yema del dedo—. ¿No había más en la caja?

—¿Uno no es suficiente?

—Supongo —dudó un momento y continuó—. He notado que habla muy bien inglés y que tiene acento americano.

—Sí —respondió centrando, de nuevo, su atención en la carretera.

—No es muy comunicativo, ¿verdad?

—Princesa, no tengo por qué serlo. Ya has oído de tu abuela todo lo que hay que saber sobre mí.

—Todo no —le dio un beso al perro en la nariz—. Ella no sabe que es una presa fácil para perros abandonados.

—Tampoco sabe que estás en mi camioneta. Imagina cómo va a reaccionar cuando se entere o, ¿tenemos que mantenerlo en secreto?

—Claro que no. Soy adulta y no necesito la aprobación de mi abuela para todo lo que hago.

—Si tú lo dices —la miró sin creerla.

—Es verdad, y no me gusta que me llame así. Me llamo Natalie.

—Hmm.

—Y usted es Damiano, ¿verdad? —dijo exasperada.

–No.

–Entonces, ¿cómo se llama?

–¿No te lo ha dicho tu abuela?

–No se lo iba a preguntar. Sólo sé que es un Bertoluzzi.

–Por aquí es más que suficiente –salió de la concurrida autopista de la costa y tomó la carretera privada que llevaba a sus casas.

–¿Dónde quieres que te deje?

–En la puerta de casa de mi abuela. ¿Dónde si no?

–Puede que no quieras que nadie te vea confraternizando con el enemigo –sugirió encogiéndose de hombros.

–No lo considero mi enemigo, señor Bertoluzzi. Para mí sólo es el vecino de al lado que está acomplejado por su familia.

–Y tú eres una mujer cotilla y dogmática –comentó mientras casi sonreía.

–Que además está muy agradecida de haberlo encontrado hoy. No hubiera podido llegar a casa andando.

–Por curiosidad, ¿cómo es que te fuiste caminando en lugar de conduciendo?

–He pasado una semana en Roma con una amiga, hemos salido a cenar con frecuencia y no es lo mejor para mantenerse en forma.

Por la manera en que él la miró, deseó haberse quedado callada.

–Estás para comerte.

–Gracias. ¿Tiene algo más que decir?

–Sí. La próxima vez que quieras quemar unos kilos invierte algo de tu herencia en un par de zapatos decentes.

–¿Qué sabe de mi herencia? –preguntó sorprendida.

–Imagínatelo. Todo el mundo por aquí sabe que

eres la única nieta de la signora Wade, la que con el dinero que gasta en un día podría mantener a medio Nápoles a pasta y tomates durante un año.

—No creo que usted escuche los cotilleos de la gente que no tiene nada que hacer.

—No deberías pensar en mí –le dijo mientras detenía el coche frente a las puertas de Villa Rosamunda–. Tu abuela no es la única que quiere que desaparezca, soy una preocupación para cualquiera. No te conviene enredarte con un hombre como yo.

—No le tengo miedo –comentó ignorando cómo le latía el pulso.

—Pues deberías tenerlo.

—Gracias por la advertencia, pero si de verdad quiere cuidar su mala reputación, debería dejar de rescatar perros abandonados porque no encaja con la imagen que quiere dar –besó de nuevo al perro, lo dejó al lado de su dueño y cuando bajaba de la camioneta se golpeó el dedo gordo del pie con una caja de cartón que sobresalía de debajo de su asiento–. ¿Qué hay aquí?

—Una escopeta –bromeó–. Es para ahuyentar a los que entran en mi casa sin permiso, así que ten cuidado.

—No lo creo.

—Te equivocas, princesa.

—No creo. Considero que juzgo bien el carácter de la gente y no creo que usted sea la amenaza social que intenta aparentar ser. Gracias otra vez, señor Bertoluzzi.

—De nada –y cuando estaba a punto de cerrar la puerta añadió–: Me llamo Demetrio, por cierto.

Ella sonrió como si le hubiera dado la mitad de Italia envuelta en papel de seda.

—¿Demetrio? –un nombre orgulloso y con fuerza para un hombre orgulloso y fuerte–. Te pega.

Pero la dejó hablando sola al continuar su camino hasta las puertas de su casa.

No había esperado a verla entrar en la casa. Ya había perdido demasiado tiempo con ella y tenía cosas que hacer, como arreglar rápidamente un tejado por donde se filtraba el agua si quería conservar la pintura del techo del dormitorio principal, colocar baldosas, encargarse del mantenimiento de la fontanería, cambiar cables… la lista era interminable. Y había que añadir cuidar de un cachorro.

Aparcó el coche a la puerta del garaje que usaba como taller, puso al perro a la sombra en la puerta de la cocina y le sacó un cacharro con agua. Encontró una caja de madera que utilizaría como jaula hasta que pudiera vallar un espacio del jardín. No se había hecho cargo del perro para que se escapara y fuera atropellado por un coche.

Con el perro a salvo, volvió a la camioneta y comenzó a descargar el material, comenzando por la caja que había debajo del asiento del copiloto. «No es una escopeta, princesa, sino estanterías para la despensa». Recordarla lo hizo reír. Cuando estaba con ella no podía estar serio y era mejor pensar en por qué le divertía que en los estímulos que le provocaba.

Probablemente, ella pensaría que era un patán que se limitaba a observar en lugar de ayudarla a bajar de la camioneta. También pensaría que era un insociable, ya que sólo hablaba lo justo, pero no era tan sencillo. Lo cierto era que había conocido a muchas mujeres, pero ella no era como las demás y no sabía cómo tratarla, por lo que había decidido mantenerse al margen, aunque todo su ser le pedía lo contrario.

Tendría que estar ciego para no darse cuenta de su

elegancia, la delicadeza de sus finas muñecas y dedos, la esbelta curva de sus pantorrillas y tobillos. El simple hecho de imaginarse tocando su exquisita y fina piel hizo que la sangre se le bajara un poco más al sur de su cintura. Furioso consigo mismo, comenzó a descargar la madera apilada en la parte de atrás de la camioneta, y aunque era mediodía y el calor era intenso, no le importó. Quedarse exhausto era la única manera de sacársela de la cabeza, pero, a pesar de sus esfuerzos, su imagen permanecía en su mente.

No dudaba que fuera una purasangre, pero no eran sólo su aspecto y su refinamiento lo que la hacían inolvidable. Era cómo se había comportado con el perro, sin preocuparle que le ensuciara la ropa tan cara que llevaba.

¿Era el único que había?, había preguntado, y él había tenido que mentir porque le hubiera dolido oír que los otros tres estaban muertos. A él también le había dolido, pero la diferencia era que había aprendido, hacía mucho, a aceptar cualquier cosa que el destino le tuviera preparado, y dudaba de que ella fuera igual.

Ella misma era como un cachorrillo. De la mejor raza, quizá, pero tan inocente y desprotegida como el chucho, y él no podía permitirse quedarse con dos. Era mejor que la sacara de su mente y de su vida y no la dejara volver nunca.

Pero era más fácil decirlo que hacerlo. Mucho después de la puesta de sol, con el perro durmiendo a sus pies y con una cerveza en la mano, seguía pensando en ella. Deseaba que las cosas fueran diferentes. ¡Maldito idiota! Como si algo pudiera cambiar quién era.

Capítulo 4

«ME LLAMO Demetrio».
Con esas tres palabras había terminado con cualquier sensación que tuviera Natalie de que era un desconocido, aunque no tenía esperanzas de que pasara algo con él. Un hombre así, misterioso, ligeramente peligroso y con encanto, no era fácilmente rechazado. Las preguntas sobre él se le amontonaban en la cabeza. Con un perrito en escena, ¿cómo no iba a engancharse?

«¿A qué se dedica?», pensó la mañana siguiente cuando la despertó el ruido de un martillo. No parecía que trabajara, probablemente porque nadie lo contrataría. Entonces, ¿cómo podía permitirse restaurar una casa tan grande y en un estado tan lamentable?

Por otro lado, su camioneta, aunque funcionaba, era vieja. Su parte trasera estaba llena de caros materiales de construcción. Su fluidez al hablar inglés denotaba que, o bien había viajado mucho o bien había recibido una buena educación. Probablemente fueran las dos cosas. Su cuerpo, duro y musculoso, indicaba una vida de duro trabajo físico. A lo mejor había logrado todo aquello en la cárcel, realizando trabajos forzados por el día y estudiando inglés por la noche…

«¡Por favor!», pensó. Ella no era mejor que nadie por asumir lo peor sobre él.

—Pareces preocupada, cariño —observó su abuela durante el desayuno.

—Sí —Natalie llegó a la conclusión de que no ganaba nada con secretos—. Ayer me pasó algo.

—Lo sé, el señor Bertoluzzi te trajo en su camioneta —parecía dolida.

—¿Cómo lo sabes?

—Te vio mucha gente y eres el comentario de todo el vecindario.

—Lo que te desagrada.

—Naturalmente. Aparte de lo inconveniente de esa asociación entre los dos, eres demasiado joven para estar a solas con un hombre como ése.

—Tengo veinticinco años, por el amor de Dios. Soy lo suficientemente mayor como para que mi madre tuviera planes de boda para mí a mis espaldas, a pesar de que ni Lewis ni yo teníamos la más mínima intención de casarnos.

—De todas formas, comparada con él eres un bebé. La edad tiene que ver con algo más que con los años. Tiene que ver con la experiencia y, comparándote con él, tú no tienes.

—Entonces tengo que solucionar eso.

—¿Con él?

—Quizá. No tienes que aprobar con quién me relaciono, abuela, pero te pido que respetes mi derecho a elegir con quién lo hago.

—¡Bien! —la cara de Barbara reflejaba admiración—. Me recuerdas a mí misma cuando tenía veinte años, empeñada en hacer las cosas a mi manera sin importarme el número de obstáculos que encontrara en el camino.

—Sabía que verías las cosas igual que yo —dijo con afecto.

—Sólo hasta cierto punto. No esperes que invite a ese hombre a cenar próximamente y, por el amor de Dios, usa tu sentido común; tratarlo con amabilidad es una cosa y perder el corazón por él, otra.

–Eso es un poco exagerado, ¿no crees? Estoy hablando de comportarnos como vecinos, no de tener una aventura con él –comentó Natalie mientras esperaba que su sonrojo pasara desapercibido.

–¡Dios mío! Espero que no. Pero no estoy tan ciega como para no ver que el granuja tiene encanto. Una joven como tú puede encontrarlo atractivo.

–En realidad es de su perro de quien estoy enamorada.

–No sabía que tenía perro.

–Algunas cosas escapan a tu radar –dijo riendo.

–Eso parece. ¿Qué clase de perro es?

–Es un cachorro que está tan desnutrido que es imposible determinar de qué raza es. Creo que voy a hacer una incursión a la cocina y le llevaré las sobras. No estoy segura de que Demetrio pueda alimentarlo de forma apropiada.

Se dio cuenta de que estaba cometiendo un error en el momento en que pronunciaba su nombre.

–Así que ahora es Demetrio. ¿Qué ha pasado con «el señor Bertoluzzi» o «el vecino de al lado»?

–Abuela, no te pongas cardiaca, es su nombre, nada más. La mayoría de la gente tiene uno.

La indignación provocada por ese comentario indicó que la tolerancia de su abuela había llegado al límite.

–Creo que me voy a dar un baño en la piscina. Aquí hace demasiado calor –murmuró levantándose de la mesa.

Cuando siguió el camino que bordeaba la parte trasera de la casa de Bertoluzzi, poco después de la una, lo encontró sentado con la espalda apoyada en una soleada pared, compartiendo pan y queso con el perro.

—Te traigo esto —le quitó la tapa a un recipiente de plástico y le enseñó las sobras de carne y verduras.

—¿Quieres morir o algo así? —le preguntó ignorando el contenido y mirándola de arriba abajo.

—¿Qué quieres decir? —preguntó al sentir un poco de miedo.

—Que si continúas frecuentando mi compañía, mi mala reputación te va a salpicar y no serás bienvenida a las veladas a las que tu abuela siempre es invitada.

«Veladas», había dicho, y «a las que tu abuela es invitada», cuando podía haber dicho «no te dirán que vayas a las fiestas a las que va tu anciana abuela». Ese sofisticado vocabulario y la correcta estructura gramatical no se correspondían con la imagen de matón que tenía.

Se sintió estúpida e intentó relajarse, para lo que se sentó a su lado sin esperar que él la invitara a hacerlo. Se había sentado cerca, aunque no lo suficiente como para tener contacto físico, sí como para sentir su aura. Durante un instante de locura, sintió la necesidad de sepultar su cara en el hombro de él y ahogarse en su calor y en su aroma. Para distraerse y porque el perro comenzó a pelearse con sus pies mendigando atención, lo puso en su regazo y sacó un tema que ya antes había tratado con él.

—Quienquiera que te enseñara inglés hizo un trabajo excelente, Demetrio.

—Ajá —respondió mirando hacia otro lado y con un brillo de diversión en los ojos.

—¿Crees que es divertido?

—Pienso que tú eres lo divertido, princesa.

—Y yo creo que tú eres interesante. Probablemente no lo quieras oír, pero tú también me gustas.

—¿Hablas con el perro?

—No. Estoy hablando contigo.

Sus miradas se encontraron de nuevo y la diversión de los ojos de él había desaparecido.

—No tengo que gustarte y no deberías pasearte por aquí cuando te dé la gana.

—¿Por qué no?

—Porque no tienes ni idea de dónde te estás metiendo.

—Mi abuela me ha dicho más o menos lo mismo esta mañana, pero, de todas formas, he venido.

—Deberías escuchar a tu abuelita. Por una vez sabe de lo que habla. Una niña como tú, que puede elegir entre lo mejor... No deberías fijarte en un hombre como yo.

—Bueno, primero, no soy una niña. Segundo, vine a traer comida para el perro porque es amabilidad entre vecinos, no porque quisiera una excusa para evaluarte como posible marido y, tercero, la familia del hombre con el que mis padres esperaban que me casara decidió que no era lo suficientemente buena para ellos. Así que no te molestes en decir tonterías sobre que venimos de mundos diferentes porque no me lo creo.

—El chico con pedigrí de al lado ¿no quiso casarse contigo? ¿Por qué no? ¿No le funciona la lobotomía?

—¿Significa eso que te gusto, Demetrio? —preguntó sin poder evitarlo al captar su cumplido.

—Significa que gustar no significa más que gustar, princesa —informó escuetamente.

—Esa actitud está pasada de moda, ¿no crees?

—¿En serio? Me podías haber engañado —Demetrio se rió y ella le miró la boca. No era experta en la materia pero habría apostado a que con esa boca podía dejar a una mujer extasiada.

—Sólo porque por aquí haya gente que no quiere conocerte, no significa que todos pensemos lo mismo. Yo no suelo condenar a un hombre por las etiquetas que le ponen otros, prefiero juzgarlo basándome en mi experiencia. Y creo que bajo tu dura apariencia eres un blandengue. Este pobre lo corrobora.

—Ponlo como quieras, pero no olvides que soy el último de una familia de mafiosos y que tú eres de sangre azul americana. Es como lo del agua y el aceite, por mucho que los revuelvas nunca se mezclan, princesa.

Él tenía un arañazo en el antebrazo con sangre seca que contrastaba con el color bronce de su piel. Sin tener en cuenta las consecuencias, ella le pasó el dedo por la herida.

—Hablando de agua, ¿te has lavado y desinfectado esto?

El músculo que había bajo su piel se tensó. Fue lo único que movió. Se hizo el silencio. Sabía que debía dejar de tocarlo, pero su dedo parecía estar soldado al brazo de Demetrio por una fuerza magnética. Le miró las manos que, a pesar de los cortes y los callos, eran de dedos largos, y las fuertes y elegantes muñecas.

Él la agarró de la cintura con ambas manos y su cuerpo comenzó a sentirse vivo. Él también lo sintió, giró su cara hacia la de Natalie y la miró ardientemente.

—Te gusta jugar con fuego, ¿verdad? —dijo con voz ronca mientras su boca avanzaba hacia la de ella—. ¿Cuánto vas a quemarte antes de aprender la lección?

Pudo sentir su aliento contra su boca y supo, antes de tiempo, a qué sabían sus labios.

—No lo sé —susurró—, ¿por qué no me enseñas tú?

Por un instante pensó que la besaría y la abrazaría y se hundiría en el seco y polvoriento suelo bajo su cuerpo, que la sujetaría bajo su duro y poderoso cuerpo... Pero, haciendo añicos su fantasía erótica, él la empujó a un lado y se puso de pie de un salto.

—Porque tengo planes para el resto de mi vida y tú no entras en ellos.

Si hubiera tenido un poco de ese famoso orgullo Wade, se habría levantado, le habría lanzado una mirada que lo habría dejado impotente y se habría marchado. Pero no debió de haber sufrido suficiente humillación porque miró el recipiente de comida y le dijo:

—Pero ¿qué pasa con esto? No vas a dejar que se eche a perder, ¿verdad? —dijo como si lo que le había llevado fuera un objeto valioso en lugar de sobras, como si tolerara cualquier humillación.

«Por el amor de Dios, ¿qué le pasa?» pensó él. Puso los ojos en blanco y se dirigió hacia la cocina.

—Si es tan importante para ti, puedes dejarlo ahí cuando te vayas, el chucho las comerá después.

Antes de que pudiera responder, él desapareció por detrás de la casa. A juzgar por la velocidad de su salida, Natalie quiso pensar que estaba huyendo de ella. Un momento después se oyó la sierra eléctrica y acabó con aquel absurdo pensamiento.

Natalie recogió la taza de él y la llevó a la cocina junto con las sobras mientras que el cachorro jugaba con sus tobillos. Los restos de la comida de Demetrio estaban esparcidos por la improvisada mesa. Había queso, unas lonchas de carne ahumada, media rebanada de pan y aceitunas. Había una cafetera en la cocinilla.

Al contemplarlo, Natalie sacudió su cabeza. La comida debería estar refrigerada y los platos sucios retirados si no quería atraer las moscas de la ventana. Pensó que llevaría un momento recogerlo y decidió poner orden.

—No es que me lo vaya a agradecer —le confesó al

cachorro que estaba atacando sus pies–, pero un hombre que está sudando toda la tarde se merece algo mejor al llegar a casa.

El cachorro meneó la corta cola como estando de acuerdo, fue hasta su cacharro con agua, bebió ensuciándolo todo y se sentó bajo la mesa dejando un charco que ella se sintió obligada a limpiar. Decidió que todo el suelo necesitaba ser barrido ya que el polvo y la suciedad del jardín habían llegado hasta allí y se amontonaban en las grietas que dejaban los azulejos rotos. Estaba claro que la limpieza no estaba entre las prioridades de Demetrio.

Algunos podrían decir que sus acciones no eran más que tácticas de demora; otros que eran una injustificada intromisión. Natalie prefería pensar que eran la buena acción del día y, canturreando, fue a buscar una escoba. En realidad no quería pasar más allá de la cocina, pero cuando el perro desapareció por la puerta que conducía al resto de la casa, ¿qué podía hacer más que seguirlo? Se dio cuenta de que Demetrio había construido una especie de corral para su mascota, lo que indicaba que no lo quería corriendo por todo el lugar.

Persiguiendo al diablillo por un ancho pasillo, llegó a un gran recibidor cercano a la entrada del pequeño vestíbulo donde se encontraba la entrada principal. Estaba pavimentado con cuadros de mármol blanco y negro que parecían un gigantesco ajedrez, de un tamaño tal, que podía albergar un baile con cien invitados o más. Una lámpara de araña mugrienta colgaba del alto y abovedado techo. Una escalera situada a la izquierda de donde ella estaba llevaba a tres habitaciones del piso superior y terminaba en una galería. A la izquierda, un arco daba paso a lo que probablemente era un enorme comedor con una pared cubierta de armarios chinos. A continuación había una biblioteca con estanterías de cristal.

Un elegantemente proporcionado salón se extendía por toda la profundidad de la casa al lado opuesto de las escaleras. Cada una de las tres piezas disponían de una chimenea de mármol y puertas de cristal biselado que daban a una terraza cubierta. Remolcando al perrito, Natalie deambuló de una habitación a otra, cautivada y entristecida por lo que veía.

Techos adornados con falsos frescos se levantaban unos doce metros sobre los suelos de madera, pilares de mármol sujetaban las arcadas. Las puertas de la terraza estaban rodeadas por intrincados moldes y las habitaciones tenían en todo su perímetro rodapiés tallados. Todo tenía cicatrices del daño que deliberadamente había sido causado.

Había agujeros en las paredes, baldosas machacadas en las chimeneas y trozos de suelo sacados de su sitio. Si aquellas tres habitaciones reflejaban el estado general de la casa, qué doloroso habría sido para Demetrio volver.

¿Cómo podía pensar en restaurarlo todo? Había señales de su trabajo por todas partes: andamios levantados en el salón, baldosas pintadas a mano bien ordenadas al lado de las chimeneas, botes de pintura amontonados en los rincones...

Tomó al perro en los brazos y se aproximó a un objeto que no había sido victima de las gamberradas. Apoyado contra la pared, al lado de la chimenea del salón había una gran fotografía de boda en blanco y negro con un marco dorado lleno de polvo. Adivinó por la ropa que llevaba la pareja que debía de ser de mediados de los cincuenta. La novia era una bella joven, de unos veinte años, de pelo oscuro, con unos ojos oscuros de embrujo, una mirada extraña en una novia y una boca que le resultaba familiar. Se dio cuenta de que era la boca de Demetrio al inspeccionarla mejor. Al ver al novio se estremeció, aunque era una fotografía desteñida por el tiempo y el sol. Miraba a la cámara con la frialdad de un hombre totalmente desprovisto de calidez. Era alto, guapo y mortífero.

Estaba tan agitada que no se dio cuenta de que ya no estaba sola hasta que una sombra apareció en el suelo. Esperaba que la reprendieran por estar donde no debía, se puso de pie de un salto, sintiéndose tan culpable que el perro se le resbaló del regazo, pero el hombre que había entrado en el salón por las puertas de la terraza y se aproximaba a ella no era Demetrio.

No medía más de un metro noventa y cinco, tenía el pelo gris y un bigote bien cortado. Parecía tener cerca de setenta años. Llevaba un traje de lino color crema, un sombrero panameño y gafas con cristales oscuros. Sonrió mostrando un diente de oro. Natalie pensó que era como la parodia de un gánster sacado de Hollywood y no de la costa Amalfi y se rió de forma casi histérica, puesto que no había nada de divertido en lo que emanaba de ese individuo.

–*Buona sera* –saludó.

Su saludo susurrado hizo que se le helara la sangre. Instintivamente, quiso alcanzar al perro, pero éste fue a investigar al intruso sin mostrar miedo. El hombre se dobló, agarró al perro de la nuca y lo levantó. El animal se quejó.

–Démelo –gritó Natalie aterrorizada.

–Por supuesto, *signorina* –con la amenaza implícita en su suave respuesta, en su sonrisa, en cada uno de sus gestos, el hombre extendió el brazo y dejó al perro colgando.

Ella sabía que la vida del animal pendía de un hilo, que a aquel intruso con una mueca cruel en la boca, cuya sonrisa no podía esconder, no le supondría nada dejarlo caer y que se rompiera los huesos contra el suelo.

—Por favor —suplicó mientras saltaba para intentar agarrarlo—. Por favor, no le haga daño.

—¿Por qué no? —susurró mientras balanceaba el pequeño cuerpo negro como un péndulo.

Habiendo cortado las últimas piezas, Demetrio dejó la sierra a un lado para descansar y quizá nadar un par de largos en la piscina. Cuando giró la cabeza se dio cuenta de que había un coche bajo el pórtico de la casa. Era largo, negro y elegante, tenía los cristales tintados y se parecía al tipo de vehículo que había visto en la casa, a menudo, cuando era un niño. Al acercarse a la casa, oyó voces que salían de la ventana abierta del salón, una suave, masculina y letal, la otra femenina y aterrorizada. Se dio cuenta de que Natalie no se había marchado tal y como él había pensado, y casi se desmaya. Comenzó a correr y subió los escalones de tres en tres. Si le habían hecho daño por su culpa, mataría al responsable.

Se quitó ese pensamiento de la cabeza. Era persistente y molesta, pero también era joven, guapa y rica, lo que la convertía en el rehén perfecto. Si él entraba allí, totalmente enfurecido, la expondría a un peligro mayor del que ya afrontaba sola. La heroicidad tendría que dejarse para otro momento. Lo que necesitaba era sangre fría y concentración.

Avanzando sigilosamente por la terraza, llegó a la parte de la casa que daba al mar y avanzó con cuidado hacia las puertas del salón y se colocó contra la pared para poder ver lo que ocurría en la habitación sin ser visto. Sólo estaban Natalie y un hombre al que no reconoció. Los dos estaban tan absortos en ellos mismos, el hombre amenazando y Natalie intentando dominar el miedo, que no habían notado que alguien más se les había unido.

Con un martillo en la mano, Demetrio entró en la habitación, se acercó al hombre que le estaba dando la espalda y le dio en el hombro.

—¿Me está buscando, *signor*? —preguntó con frialdad.

Capítulo 5

LA PREGUNTA fue recibida en silencio. Después, girando la cabeza y dejando a la vista su perfil, el hombre dijo:

—Lo estaba, signor Bertoluzzi, pero me topé con su bella esposa.

Algo que le resultaba vagamente familiar, le dejó un mal sabor de boca a Demetrio.

—La dama no es mi mujer, es mi invitada. Devuélvale su perro y hablemos de los asuntos que cree tener conmigo.

—Claro. Aquí tiene, *signorina*, es todo suyo.

Natalie se acercó indecisa y, al dudar, el hombre agitó el perro violentamente.

—Tómelo —dijo con una voz susurrante de amenaza.

—Haz lo que te dice, Natalie —ordenó Demetrio sin quitar los ojos de aquel hombre.

Ella se llenó de valor, se acercó y pudo agarrar el perro cuando el intruso lo dejaba caer.

—Por favor, vete y llévate el perro —dijo Demetrio.

Ella obedeció. Abrazó el perro contra su pecho y salió del lugar. Cuando ya no alcanzaba a verla y ella no podía oír lo que decía, Demetrio volvió a prestar atención al visitante.

—Usted sabe mi nombre, *signor*, pero yo no tengo ni idea de cuál es el suyo.

—Cattanasca —respondió—, Guido Cattanasca.

Ignorando la mano que le había sido tendida, Demetrio continuó:

–No se por qué está en mi casa, signor Cattanasca, pero le sugiero que aproveche la oportunidad, porque no va a ser bienvenido en otra ocasión.

–Cuando te lo explique cambiarás de opinión –Cattanasca sonrió.

–Lo dudo.

–¿Sí? –Cattanasca sonrió de nuevo–. No me reconoces, ¿verdad Demetrio?

–¿Debería?

–Bueno, nos conocemos, aunque tú eras muy pequeño. Yo solía visitar a tu abuelo. Éramos amigos y pasábamos tiempo sentados en esta terraza disfrutando de una copa de vino.

–Si era amigo de mi abuelo no es bienvenido aquí. No comparto su gusto por las amistades.

–No tienes por qué ofenderte, jovencito. Soy bastante inofensivo, que es más de lo que se puede decir de Ovidio en sus tiempos. Desde hace muchos años, trabajo en el negocio inmobiliario e hice posible que tu abuelo comprara esta casa, algo por lo que él siempre estuvo agradecido.

–¿Y qué quiere ahora?

–He venido a hacerte una oferta. Estoy dispuesto a darte un buen precio por esta casa.

–Está perdiendo el tiempo. No está en venta.

–Querido niño, tarde o temprano, todo se vende, es cuestión de ver lo que el posible comprador está dispuesto a pagar.

–Quizá en su círculo, pero no en el mío.

–Eres cabezota como tu abuelo, pero no tienes ni la décima parte de su inteligencia.

La comparación con su abuelo enfureció a Demetrio y disparó su adrenalina.

—Le sugiero que se marche ahora, antes de que la discusión comience a ser irritante —dijo mientras balanceaba el martillo, amenazante, para asegurarse de que el hombre entendía lo que quería decir—. No sé si lo he dejado claro, pero usted no es bienvenido aquí, signor Cattanasca.

—No tienes que amenazarme con violencia, Demetrio. Al contrario de lo que pareces creer, los negocios no se hacen así en estos tiempos. Pero antes de que me vaya, mira a tu alrededor y dime: ¿cómo piensas reformar todo esto tú solo?

—La pregunta sería: ¿cómo ha llegado a un estado tan lamentable?

—Es una pena lo que puede pasarle a una casa que ha estado abandonada durante tanto tiempo. Los chicos de hoy en día... son capaces de cualquier cosa.

—¿Chicos? —Demetrio dio una patada a una baldosa que había sido arrancada de alrededor de la chimenea—. Los jóvenes que se entretienen haciendo gamberradas no causan este tipo de daños, sino que rompen ventanas, hacen pedazos las vajillas o roban bebidas alcohólicas. Usted y yo sabemos que esto no es cosa de niños, sino una destrucción sistemática con un claro propósito. ¿Sabe lo que pienso? Que alguien ha querido aprovecharse del trabajo de los vándalos. Pero sobre eso usted no sabe nada, ¿verdad, señor Cattanasca?

—Claro que no. Soy un hombre legítimo haciéndote una proposición legítima.

—Que yo he rechazado.

—Eso parece, pero afróntalo, jovencito. Estás malgastando dinero en este lugar y si lo sigues haciendo te quedarás sin blanca, así que de nuevo te ruego que seas inteligente y que te pienses mi oferta otra vez.

—No. Y, ahora, váyase de mi casa antes de que le rompa la nariz.

—Creo que tu abuelo estaría orgulloso de ti de todas formas. Todavía hay esperanza para ti, niño.

—Pero ninguna para usted, Cattanasca. No hay dinero en el mundo que me convenza de que se quede con la casa o con el terreno donde está erigida.

—¿Es tu última palabra?

—Es mi última palabra.

—Entonces te deseo suerte.

—No necesito suerte.

—Todos necesitamos suerte, impulsivo y joven amigo. Hay accidentes y quién sabe cómo o dónde pueden ocurrir —extendió la mano hacia un cercano pilar de mármol—. Ésta es una bonita pieza, sería una pena verla destrozada y que tu trabajo no sirviera para nada si ocurriera un incidente.

Demetrio sabía que le estaba dando un ultimátum y la cuestión era: ¿qué opciones de negociarlo tenía? Sabía cómo hubiera respondido su abuelo. De la misma manera que cualquier otro Bertoluzzi que lo había precedido, con violencia. El cuerpo de Cattanasca habría sido arrastrado hasta la playa con un balazo en la frente. Demetrio podía retomarlo donde los demás lo habían dejado y pelear como ellos lo habían hecho o podía mantener una promesa que había realizado catorce años antes y optar por la justicia y el honor. Iba a continuar manteniendo su promesa.

—Fuera de mi casa, Cattanasca.

—No hace falta que te pongas así, ya me voy. Pero si te puedo dar un consejo, te sugiero que vigiles tu tensión y que adoptes una actitud más conciliadora con la vida en general. *Ciao*.

—Ya pasó —murmuró Natalie mientras se sentaba en el suelo junto al corral del perro y lo acariciaba—. Estás a salvo.

Pero ¿a quién intentaba convencer? Al perro no, porque estaba acurrucado en sus brazos y se había quedado dormido, ignorando que, una vez más, su frágil vida había estado en peligro y que las dos veces había sido Demetrio quien lo había salvado.

«Váyase de mi casa antes de que le rompa la nariz».

«Creo que tu abuelo estaría orgulloso de ti, de todas formas. Todavía hay esperanza para ti, niño».

«Pero ninguna para usted, Cattanasca».

—Son los gatos los que, supuestamente, tienen siete vidas, no los perros —continuó hablando desesperadamente, porque incluso el sonido de su propio balbuceo era mejor que lo que llegaba de la conversación que estaban teniendo el extraño y Demetrio—. Eres demasiado pequeño y flaco para defenderte, aunque tienes las patas más grandes que he visto nunca. No puedes acercarte a cualquiera y pensar que va a ser un amigo. Hay mucha gente mala en este mundo.

—Será mejor que hagas caso a tus propios consejos —le advirtió Demetrio bruscamente mientras entraba en la cocina a zancadas.

Cuidadosamente para no molestarlo, puso al perro sobre la manta de su corral.

—¿Qué quería ese hombre?

—Mejor dicho, ¿qué quieres tú? Te dije que te marcharas.

—Creía que te referías a que me fuera de la otra habitación.

—Pues estabas equivocada.

—No quería dejar al perrillo solo. Ese hombre era cruel. Deberías haber visto cómo ha tratado a tu perro. Temía que le hiciese algo.

—Has tenido suerte de que no lo hiciera.

Ella sintió náuseas. La gente que conocía no trataba

a los animales de aquella manera, sino como miembros de la familia.

–¿Es amigo tuyo?

–No estoy tan desesperado –contestó con una risa amarga–. Decía que era amigo de mi abuelo.

–Es... el diablo.

–Es una buena razón para que te alejes, ¿verdad?

–No estoy preocupada por mí, es a ti a quien persigue –a Demetrio no le gustaba que invadiera su espacio. Le había dicho claramente que se fuera y que lo dejara en paz.

Ansiosa por expresar su preocupación, Natalie se acercó a él y, una vez más, tentó a Demetrio al enfado al apoyar la mano en su brazo.

–No he podido oír todo lo que habéis dicho, pero sí lo suficiente como para sentir que te estaba amenazando de alguna manera. Estaba en su voz. Creo que deberías avisar a la policía.

De nuevo Demetrio se puso tenso con el contacto físico.

–¿Y qué les voy a decir? ¿Que una mujer que apenas me conoce cree que no puedo cuidarme solo?

–Bueno, ¿y si no puedes? ¿Y si no eres rival para él? Esto se sonará melodramático, pero creo que es un delincuente.

Demetrio puso los ojos en blanco.

–Para, princesa. Me estás asustando.

–Búrlate de mí todo lo que quieras, pero yo creo en mi instinto. Un hombre que aterroriza a un cachorro no conoce límites.

Esta vez Demetrio inició el contacto. Le tocó la mejilla con sus largos y fuertes dedos.

–Natalie, cálmate –dijo amablemente–. Estás dejando volar tu imaginación. Ese hombre no es agradable, pero no es un criminal y no va a venir a por mí con un cuchillo por la noche. Es un hombre de negocios de la zona con una reputación que mantener, por muy mezquina que sea.

—Pero ¿por qué ha venido?

—Quiere comprarme la casa.

—¿Se la vas a vender?

—No.

—¿Crees que volverá a molestarte? —la pregunta tembló en sus labios y el miedo, que había creído dominar, la atacó de nuevo.

—Puede. Pero estaré preparado.

—Y, ¿qué vas a hacer? ¿Dialogar con él? —lo agarró por la muñeca y levantó la cara para mirarlo a los ojos y que la tomara en serio—. No quiero que te metas en problemas con un hombre como ése. No quiero que te pase nada malo, Demetrio.

Durante un largo e intenso momento, él ni se movió ni habló. Después cubrió la mano de Natalie con la suya y tiró de ella para acercarla hacia él.

—Es demasiado tarde para eso —murmuró—. Tú me estás pasando, princesa, y es lo peor que me podía suceder.

Antes, cuando se habían sentado fuera, ella había pensado que la iba a besar y se había decepcionado cuando no lo había hecho. Esa vez, no esperaba nada excepto, quizá, otro rechazo, por lo que la tomó desprevenida y con la boca abierta. Antes de que pudiera cerrarla, él le cubrió los labios con los suyos e hizo que olvidara el rechazo, la distancia y la indiferencia. Era el beso de un hombre guiado por una pasión intensa y repentina, y ella se estaba derritiendo. Sabía que aunque viviera hasta los cien años, ese beso estaría grabado siempre en su memoria.

Ella respondía con el mismo fervor. En aquel momento, lo único que sabía y lo único que le importaba eran el olor, el tacto y el sabor de él. La firme y suave textura de sus labios, su mano acariciando su cuello, su brazo acercándola hacia él, su lengua recorriendo el oscuro enclave de su boca y robando sus secretos.

Aquello no era suficiente para satisfacer el deseo que sentía y que había ido creciendo desde que lo había visto por primera vez. Parecía un ser llegado de otro planeta. Cuando otros hombres que conocía consideraban la conformidad algo tan fundamental como sus caros relojes, él era un rebelde y los habitantes de aquella comunidad consideraban que no tenía redención, que era una amenaza para la sociedad decente y legítima.

¿Y si tuvieran razón? ¿Y si la amenaza que lo oyó pronunciar contra Cattanasca fuera real?

En aquel momento le daba igual, sólo quería más de él.

¿Era eso lo que una pincelada de peligro provocaba en un hombre y una mujer?, pensó aturdida. ¿Provenía del mismo instinto que motivaba que dos personas casi extrañas, al borde de la destrucción, copularan y procrearan?

El deseo le hizo perder el control y dejó de intentar razonar en medio de aquella locura.

Tras sus ojos cerrados, comenzó a ver puntos dorados que giraban. Le flaquearon las rodillas y comenzó a temblar de nuevo, pero esa vez era de pasión y no de miedo.

Se sintió débil y, por miedo a caerse, se agarró a la camisa de Demetrio. Él la hizo retroceder hasta que tuvo el borde de la mesa en el trasero, y entonces, le deslizó la mano por el costado y la dejó en su cadera. Con los cuerpos pegados, él introdujo una de sus piernas entre las de ella. La tela de sus vaqueros raspó la fina piel del interior de los muslos de Natalie que los pantalones cortos que llevaba dejaban al aire. Los callos del pulgar de su otra mano le rasparon el cuello.

Estaban teniendo más contacto físico del que Natalie pudo imaginar que tendrían, pero no era suficiente. Se moría de ganas de que le tocara los pechos y le dejara los pezones tan duros como una piedra. Pequeños espasmos palpitaban entre sus piernas y si Demetrio hubiera llevado la mano allí, habría visto que estaba suave, hinchada y deseosa.

Había elegido conservar su virginidad hasta aquel momento en que, de repente, sintió la necesidad imperiosa de perderla. No le importaba que el escenario dejara tanto que desear: una placa de contrachapado, baldosas rotas bajo los pies y una cocina al borde de la decadencia. Si Demetrio lo hubiera intentado, habría dejado que la tomara. Y habría sido maravilloso.

Tristemente, o quizá sabiamente, él la salvó de sí misma. Se echó para atrás, la miró con la vista desenfocada y, como si hubiera vuelto a la realidad, la apartó de su lado.

–¡Qué demonios! –murmuró mientras se limpiaba la boca con una mano.

Tambaleándose para mantener el equilibrio, Natalie se agarró a la mesa y todas las maravillosas sensaciones eróticas que le había provocado desaparecieron al ver el desprecio en sus ojos. Se cortó la yema de los dedos con el borde inacabado del contrachapado.

–Demetrio... –comenzó consternada.

Él no la dejó terminar. La agarró del brazo, la sacó de la casa y señalando con el dedo en dirección al camino que llevaba a la calle dijo:

–Deja de comportarte como una estúpida y mantente alejada de mí y de mis asuntos.

Si lo hubiera dicho con su habitual y exasperante tono moderado, lo habría obedecido, la habría convencido de que realmente quería que se marchara. Pero la rabia que había denotado al hablar lo había traicionado y había revelado que además de estar molesto, tenía miedo. Miedo por ella y miedo de ella.

—No —respondió—. Hay un vínculo entre nosotros, lo sé desde el principio y tú también, y eso es lo que hace que me preocupe por tus asuntos.

—Ves muchas telenovelas.

—Incluso si eso fuera cierto, no cambiaría lo que siento.

Demetrio se metió las manos en los bolsillos y miró hacia el cielo.

—Si quieres un amor de verano vas a tener que buscarlo en otro sitio, princesa. Tengo que trabajar.

—Lo sé y te voy a ayudar a acabarlo.

—¿Te vas a ensuciar esas blancas manos? ¿Te vas a romper una de esas uñas perfectamente limadas? Si no lo veo, no lo creo.

—Entonces prepárate —se giró para alejarse de él, agarró un rastrillo que había apoyado contra la pared y comenzó a amontonar ramas que había cerca de la casa.

—Para. Tú no puedes hacer eso.

—¿Por qué no?

—Porque no estás hecha para ello.

Se acercó para quitarle el rastrillo, pero ella se escapó fuera de su alcance.

—Te olvidas de que soy la nieta de Barbara Wade.

Al segundo intento, la alcanzó y agarró el rastrillo.

—¿Y qué significa eso?

—Que mi abuela no habría llegado a ser lo que es hoy en día, presidenta de su propio imperio financiero, si se hubiera sentado y hubiera dejado a los demás que trabajasen por ella. Se metió en el denominado «mundo masculino» y se ensució las manos tanto como tú, aunque sólo fuera metafóricamente. Y adivina qué, Demetrio. Yo no soy diferente.

—Puede que no lo creas, pero...

—Lo sé. Aprendo rápido, soy cabezota y hago lo que tenga que hacer aunque no sea a lo que estoy acostumbrada. Enséñame cómo tapar agujeros y lo haré. Enséñame cómo y enceraré las ventanas.

—No te vas a marchar, ¿verdad?

—No —respondió—, así que tendrás que hacerte a la idea y aceptarlo.

—Vale —se encogió de hombros y le devolvió el rastrillo—. Mátate a trabajar si quieres. Cuando termines con esto, dentro hay un montón de cosas que barrer, como habrás notado.

Capítulo 6

DEMETRIO pensó que Natalie aguantaría quince minutos como máximo, lo que les dejaba ese mismo tiempo para estar a salvo el uno del otro. Acercándose por allí, Natalie había creado una distracción que él no podía permitirse. Pero, al estar en el lugar equivocado en el momento equivocado, había estado en manos del tipo de hombre con el que una mujer decente no debía encontrarse.

Demetrio comenzó a sudar cuando pensó en Natalie a solas en la misma habitación que Cattanasca, un hombre inconsciente que no hubiera dudado en usar cualquier cosa o a cualquiera para conseguir sus objetivos. Ella también se había dado cuenta de ello a juzgar por cómo la había encontrado junto al corral del perro, con la tez pálida, los ojos angustiados y el cuerpo temblando.

Eso no era una excusa para haber reaccionado besándola, abrazándola y saboreando su dulzura. Agitó la cabeza asqueado. Estaba tratando con demasiadas complicaciones y no necesitaba complicarse más con una relación sexual con una heredera americana.

Sin darse cuenta de que la estaba observando, Natalie empuñó el rastrillo vengativamente y creó una nube de polvo mientras apilaba un montón de escombros. Al darse cuenta de que él la miraba, se detuvo, se puso una mano en la cintura y lo miró indignada.

—Te he ofrecido ayuda, no te he dicho que vaya a hacer todo el trabajo yo sola —dijo mientras se apartaba un mechón de pelo de la cara de un soplido–. ¿Por qué no haces algo útil y me traes un recipiente donde pueda meter todo esto?

Era demasiado adorable, demasiado atractiva, y tenía mucho más que riqueza y linaje. Tenía valor, coraje y brío. Además, sacaba lo mejor de él. Con una mujer como ésa a su lado podría...

«Hijo de perra». Estrangulado por una repentina emoción, se giró y desapareció en el garaje con espacio para cuatro coches. El Ferrari ocupaba una cuarta parte de éste y estaba cubierto con una lona. El resto del espacio había sido convertido en un almacén para todo tipo de herramientas y en taller. Encontró una carretilla, metió en ella una pala y unos guantes y la llevó a donde ella estaba trabajando.

–Será mejor que uses esto –dijo bruscamente mientras le tiraba los guantes.

–Gracias.

Ella dejó el rastrillo y se los puso. Le quedaban enormes y le cubrían las manos y los antebrazos. Hubiera podido meter ambos pies en uno de ellos y todavía le sobraría espacio. Pensar aquello hizo que Demetrio le mirara las piernas y se forzó a apartar la vista cuando su frente comenzó a sudar de nuevo por razones que nada tenían que ver con el intenso calor que hacía. Sólo había una cura para su enfermedad: trabajar hasta que estuviera tan cansado que no pudiera pensar en el sexo. Eso e intentar disuadirla de que abandonara.

–Cuando termines, vete –ordenó, sabiendo que había sonado hosco y deseando haberlo hecho de otra manera. En otra ocasión, él la estaría persiguiendo a ella sin importarle qué diría la gente, pero no podía escapar de sí mismo. No merecía la mala reputación que tenía, pero la había heredado y tener una relación con Natalie no iba a mejorar su imagen.

—¿Te vas?

El tono de decepción de su pregunta lo desgarró. «No porque quiera, princesa», pensó.

—Me voy, tengo que hacer algunas llamadas.

—¿Para comprar más material?

—Sí —quería contratar una cuadrilla para levantar un muro de cinco metros de altura entre la fachada de su casa y la carretera, encargar unas puertas de hierro automáticas y la instalación de un sistema de seguridad con alarma. Hasta que todo aquello estuviera puesto, tenía que cerrar las puertas con una cadena. La próxima vez que Cattanasca quisiera colarse en su casa, no le sería tan fácil y a ella tampoco.

Dos horas después, al atardecer, había terminado el trabajo del día, atravesó la casa hasta llegar a la cocina y miró a la parte de atrás pensando que Natalie ya se había marchado. La encontró trabajando todavía. Había terminado de apilar los escombros en la carretilla y estaba agachada, arrancando hierbajos del lugar donde su abuela había tenido el huerto.

Había dejado los guantes y estaba trabajando con las manos desnudas. Había encontrado una astilla de madera que no era más ancha que un palillo y la había utilizado para recogerse el pelo, dejando su pálida nuca al descubierto. Se había quitado la blusa y la había atado a un arbusto cercano. Debajo llevaba un top con una mancha de sudor en la espalda. Tenía la cara roja y estaba cubierta de polvo.

Derrotado, tomó un par de cervezas de la nevera, dejó salir al perro del corral y se reunió con ella fuera.

—Vale, es suficiente. Hay leyes contra la esclavitud en esta parte del mundo. Ya vale por hoy.

Ella no discutió, lo siguió hasta la sombra y se dejó caer a su lado en la hierba.

—Toma —abrió una cerveza y se la pasó.

—Gracias —respondió con voz fatigada.

El perro se había subido a su regazo y le acariciaba los muslos desnudos con el hocico.

Demetrio parpadeó, miró hacia otro lado y dio un largo sorbo a su cerveza antes de poder mirarla de nuevo.

—De nada. Te mereces un descanso.

—Los dos lo merecemos —bebió un poco de su cerveza e hizo una mueca.

—Siento que no sea champán, princesa —dijo bruscamente.

—No me estoy quejando, es sólo que el sabor de la cerveza no me apasiona —pero volvió a beber, cerró los ojos y se llevó la fría lata a la mejilla; después la deslizó por su cuello hasta el escote de su top.

Esta vez, Demetrio no miró hacia otro lado lo suficientemente deprisa como para evitar el deseo. Sintió envidia de aquella lata y quiso lamer el agua que había dejado en su piel. Quiso tocarle todo el cuerpo. Entonces le llegó su olor, una mezcla de champú, mujer y tierra. Pero si hubiera estado limpiando un establo y no se hubiera lavado el pelo en una semana, su reacción habría sido la misma. Todo lo que hacía, la forma en que sus pechos se elevaban ligeramente cuando levantaba la mano para recogerse el pelo, la gracia con la que acariciaba al perro, estimulaba su deseo y le hacía recordar el beso que se habían dado.

¿A quién quería engañar? No olvidaría nunca la dulce inocencia de su boca, la confianza con la que se había dejado abrazar. «Dios, a su manera, es más peligrosa que Cattanasca», pensó.

–Un céntimo por lo que estás pensando –comentó ella girando la cabeza y pillándolo desprevenido–. O mejor, un euro.

Tenía una mancha en su nariz, pero pensó que si la tocaba para quitársela, no dejaría de tocarla.

–Estaba pensando en qué es lo próximo que voy a hacer –contestó sin mentir del todo.

–Te has embarcado en una tarea titánica con este lugar. ¿Estás seguro de que podrás con ello?

–No habría empezado el trabajo si no hubiera estado seguro de poder terminarlo.

–¿Por qué es tan importante para ti, Demetrio? ¿No hubiera sido más fácil empezar de nuevo en otro lugar, con algo más pequeño?

–Yo no busco cosas fáciles, pero incluso si lo hiciera, jamás vendería esta casa. Era el hogar de mi abuela. Ella apreciaba todo lo que ves en el interior de los muros de este jardín. Si viera en qué estado se encuentra, se le rompería el corazón.

–Pero el trabajo que hay que hacer es enorme y es demasiado para que lo hagas solo. Si quieres quedarte la casa, ¿no sería mejor que contrataras a alguien de por aquí que la arreglara?

–Qué inocente eres. ¿Quién crees que querrá trabajar para mí?

–Gente que respete el hecho de que quieres preservar una joya arquitectónica y restaurarla.

–Ganarme el respeto de la gente no es una de mis prioridades. La razón principal por la que estoy haciendo todo esto es porque quiero hacerlo y porque puedo.

–Pero ¿cómo puedes pagar...? –se detuvo–. Creo que no soy quién para preguntar eso.

–No, no lo eres. No es asunto tuyo lo que puedo o no puedo pagar.

En sus adorables ojos grises había una chispa de indignación.

–Bueno, no te preocupes, no cometeré el mismo error de nuevo. Pero incluso alguien tan inocente como yo puede ver que te está costando un dineral y que no has hecho ni la mitad, así que perdóname por preocuparme.

–Preocupación, curiosidad... llámalo como quieras, pero es asunto mío, no tuyo.

Se hizo un silencio incómodo, que ella dejó correr durante un minuto antes de dejar la lata de cerveza y espantar al perro de su regazo.

–Te dejo para que disfrutes solo porque está claro que he abusado de tu hospitalidad. Gracias por todo. Nos haré un favor a los dos y no volveré a abusar de ti nunca más.

–Bien.

Llegó hasta la calle antes de comenzar a llorar. Se lo estaba tomando mal. Cualquiera podía pensar que la acababan de dejar plantada en el altar cuando, de hecho, tenía la perfecta excusa para separarse de un hombre callado y distante.

Sabía que había estado fuera de lugar preguntarle sobre su economía, pero el modo en que la había rechazado, con esa hostilidad, le había hecho pensar cosas que le hubiera gustado poder ignorar. Había comprado los materiales en Nápoles, una ciudad cuyos oscuros bajos fondos hacían sombra a su rico pasado cultural y sus magníficos monumentos. El tráfico de drogas y su guerra de bandas rivales habían proliferado en ciertas zonas.

¿Era así como podía financiar la reforma, tratando de encontrar productos del mercado negro a través de contactos turbios? ¿O simplemente era demasiado orgulloso para arriesgarse a que los vecinos que pensaban que él cometería los mismos pecados que su padre le dieran la espalda?

Natalie no tenía las respuestas. Lo único que sabía con certeza era que se sentía despojada y triste porque algo que prometía había sido frenado antes de que sucediera.

¿Qué era lo que la había atraído tanto de él? ¿Que había encontrado a su media naranja? ¿O que era una relación prohibida? Nunca se había visto como la clase de mujer a la que le gustaba jugar con fuego, pero la emoción había estado presente desde que él había aparecido en su vida. El haberse liberado de ello ¿era lo que hacía que el mundo pareciera tan vacío?

—Estás desaliñada, cariño —observó su abuela cuando llegó a casa—. No estás tan pulcra como de costumbre. ¿Por qué no te das un baño refrescante, te pones algo bonito y vienes conmigo a Sorrentino a tomar algo y a cenar? Marianna ha llamado hace media hora para invitarnos. Su sobrino, Augusto, ha venido de Venecia a visitarla. Te gustará conocerlo.

Natalie no podía imaginar un destino peor que pasar la noche fingiendo que encontraba interesante a otro hombre.

—Gracias, pero esta noche no. Me está empezando a doler la cabeza.

—Tienes los ojos rojos.

—Creo que me ha dado mucho el sol —dijo rápidamente, incapaz de soportar por más tiempo la inspección de Barbara—. He salido sin gorro otra vez. Ve sin mí, abuela, te veré por la mañana.

Se dio un largo y relajante baño y justo cuando había salido de la bañera, se había puesto el albornoz y estaba a punto de pedir que le subieran algo de comer a la habitación, uno de los criados llamó a su puerta.

–Un hombre la llama al teléfono, signorina Cavanaugh.

Supuso que era su padre. Se dejó caer en la cama y tomó el teléfono. No podía imaginarse quién más podía ser, pero la voz que le llegó a través de la línea no era la de su padre.

–¿Qué estás haciendo, princesa?

No le dijo «hola, ¿qué tal estás?», ni «espero no molestarte», ni «siento haber sido un estúpido antes».

Cerró los ojos y sonrió y todos los vestigios de fatiga y decepción se evaporaron.

–Estoy tumbada mirando el techo. ¿Qué haces tú?

–Estoy contemplando una botella de vino tinto y deseando tener a alguien con quien compartirla. ¿Estás interesada en volverme a ayudar?

–Quizá –contestó sabiendo que lo haría. Hay mujeres que no sucumben a los escalofríos y los sofocos cuando les toca sufrir a un increíblemente sexy barítono que habla con fluidez un inglés americanizado con un melódico acento italiano, pero Natalie no era una de ellas.

–¿Te terminaría de convencer si te digo que prepararé la cena?

–Depende. ¿Me tengo que arreglar?

–Desarréglate –dijo prácticamente susurrando–. Es un encuentro informal.

A ese ritmo, iba a necesitar bañarse de nuevo muy pronto. Nada sobre Demetrio Bertoluzzi podría considerarse informal. Era demasiado carismático, demasiado sexy y sólo pensar en cenar con él le provocó una taquicardia.

–¿A qué hora?

–¿Cuánto tiempo necesitas?

–Una hora.

¡Mentirosa! Podía estar lista en cinco minutos.

—Entonces, te veo a las siete —y colgó.

No dijo adiós. Y aquello, pensó Natalie, era un buen presagio.

La interceptó en el momento en que salía de casa de su abuela a la calle, emergiendo sigilosamente de entre las sombras y asustándola.

—Lo siento, no quería asustarte.

—Bueno, quisieras o no, lo has hecho —sus ojos eran grandes y luminosos en la penumbra—. ¿Qué haces aquí escondido en lugar de estar preparando la cena que me prometiste?

—Esto está muy oscuro.

—¿Y qué? Vivo al lado de tu casa, Demetrio. No creo que me vaya a perder.

Él la tomó suavemente de la muñeca. Todavía tenía el pulso acelerado del susto.

—Quizá no, pero de tu casa a la mía hay un paseo de diez minutos por una carretera solitaria.

—Es una carretera desierta muy segura.

—Quizá —se encogió de hombros—. Pero tengo por costumbre recoger a mi cita y como no puedo llegar a casa de tu abuela por la puerta principal y anunciarme abiertamente, he escogido la mejor opción que tenía.

Era una verdad a medias y la había dicho de forma que ella no se la cuestionara, pero no era ninguna tontería. La visita de Cattanasca aquella misma tarde y la amenaza implícita en su comportamiento habían puesto más nervioso a Demetrio de lo que él quería admitir. Aunque el hombre no era, en principio, una amenaza directa para Natalie, el simple hecho de que había sido compañero de borracheras de Ovidio Bertoluzzi lo hacía sospechoso.

–Si hubieras llamado al timbre, no te habría pasado nada. Mi abuela ha salido esta noche.

–No tengo miedo de tu abuela. Me enfrentaré a su ira cualquier día, si es lo que quieres. No quería avergonzarte, eso es todo.

–Tú no me avergüenzas, Demetrio, pero, probablemente sea mejor que seamos discretos. No tiene ningún sentido estar en boca de la gente.

–Entonces, si seguimos viéndonos de esta forma, porque parece que no podemos estar separados, necesitamos encontrar una manera mejor de hacerlo. ¿Cómo crees que se tomaría tu abuela el que hiciéramos una puerta que conectara las dos propiedades?

–Construye una, el terreno es tan grande que posiblemente no se dé ni cuenta.

–¿Y si se da cuenta?

–A veces, es más inteligente pedir perdón que pedir permiso.

Estaba a punto de responder cuando el ruido de un coche que dejaba la autopista y se metía en la carretera privada que llevaba a las casas en primera línea de costa rompió la tranquilidad de la noche. Unos segundos más tarde, los faros delanteros estaban puestos en los muros de Villa Rosamunda. Sin dudarlo un instante, Demetrio la empujó hacia la oscuridad del árbol más cercano y la puso contra el tronco, protegiéndola con su cuerpo.

–¿Qué estás haciendo?

Había miedo en su pregunta y él se maldijo por no haber sido capaz de soportar la debilidad. Había intentado convencerse de que el dolor que había visto en sus ojos aquella tarde, cuando la había echado, había sido el motivo de invitarla a cenar. Pero también había reconocido entre sus motivos para llamarla su falta de autocontrol y, por eso, había estado a punto de agarrar el teléfono una docena de veces y cancelar lo que cualquier idiota sabía que era una pésima idea.

¿Y si la hubiera rechazado? Se recuperaría, probablemente con más rapidez de lo que le gustaría pensar y, sin duda, habría sido mejor para ella no haberlo conocido. Demetrio era un objetivo de Cattanasca y tener una relación con Natalie la convertía a ella también en objetivo.

—Tomando precauciones —dijo enfurecido consigo mismo cuando el coche pasó delante de ellos sin disminuir la velocidad–. Si hubiera sido tu abuela, no me habría gustado que me atropellara con su coche al pillarme dándome el lote con su preciosa nieta.

—¿Es eso lo que estás haciendo? —murmuró mientras reía suavemente. Sus pechos rozaban el busto de él y sus caderas se acoplaban entre los muslos de Demetrio.

Terriblemente consciente de la presión que el dulce cuerpo de Natalie ejercía sobre el suyo y sin apenas poder respirar, dijo:

—Es lo que puede parecer para alguien que esté mirando.

—¿A ti qué te parece, Demetrio?

Estaba intentando encontrar la mejor respuesta cuando se oyó un aullido lastimoso. Natalie se puso tensa y se apartó de él.

—¿No es tu perro?

—Eso parece —admitió.

—Dios mío, a lo mejor te ha seguido y está en la carretera.

—No puede ser, lo dejé encerrado en la cocina. Creo que sólo quiere decirnos que no le gusta que lo dejemos solo.

—Ha podido escaparse. Vamos a asegurarnos de que está a salvo.

Agarró su mano e intentó tirar de él calle abajo. Un esfuerzo inútil ya que Demetrio se resistía y pesaba mucho más que ella. Pero Natalie tenía razón. El cachorro podía haber escapado del cercado que él había improvisado. Después de todo lo que había hecho hasta aquel momento para mantenerlo con vida, no le hacía ninguna gracia que desapareciera en el campo y no volverlo a ver.

Cuando llegaron a la cocina, todo estaba tal y como lo había dejado. El perro estaba en su corral, con los ojos tristes, las orejas gachas y a salvo.

–¿Ves? Te lo había dicho, el chucho está bien.

–No lo sé –ella se acercó al corral y tomó el perro en los brazos–. Está muy triste, creo que te ha echado de menos. ¿Le has dado de cenar?

–Cuando te marchaste, princesa, y se ha comido todo lo que le habías traído y algo más y, antes de que me preguntes, mañana voy a llevarlo al veterinario a Positano.

Ella le besó las orejas al perro, le frotó la cabeza con la mejilla y le susurró:

–Has tenido un duro comienzo, cariño, pero a partir de ahora tu vida va a ser bastante buena.

«La vida es maravillosa para él ahora que lo estás baboseando de arriba abajo», pensó Demetrio.

–Siento interrumpir el romance, pero si no quieres que te orine encima, debería salir un rato.

–Iré con él.

–No –dijo metiéndose el sacacorchos en el bolsillo y tomando las copas–, iremos los dos y contemplaremos la luna llena desde el acantilado. Y, para que conste, princesa, me niego a tener un perro que se llame «cariño».

–Bueno, entonces, ¿cómo vas a llamarlo?

Agarró una linterna de encima de la nevera.

—No sé qué tiene de malo Chucho —comentó mientras alumbraba un camino de losas que llevaba de la cocina hasta el rincón más alejado del jardín trasero—. Por otra parte, Chucho Sarnoso también le pega, ¿qué te parece?

—Que necesitas ayuda en más de un aspecto —se rió y tomó las copas de su mano para evitar que se cayeran—. ¿Qué te parecen Príncipe, Barón o Rey?

—¿Para este zarrapastroso saco de pelo? Estás de broma, ¿verdad?

Durante el resto del camino continuaron discutiendo y acordaron, justo cuando estaban llegando al muro que separaba el jardín del acantilado, que Pippo era un nombre con el que los dos podían vivir. Alumbrando con la linterna desde el promontorio formado por una roca plana, Demetrio iluminó un banco de piedra que miraba hacia el mar.

—Siéntate allí, yo abriré la botella de vino.

Ella atravesó la hierba y deslizó la palma de su mano por el banco que Demetrio sabía que continuaría caliente por el sol.

—¡Esto es fantástico! Dime que lo has hecho sólo para mí.

—Me temo que no. Éste era el lugar favorito de mi abuela. Venía aquí a menudo para contemplar la puesta de sol o el amanecer y se me ocurrió que a ti también te gustaría.

—Pues se te ha ocurrido bien.

Demetrio sirvió el vino, dejó la botella y la linterna entre las parras que trepaban por el muro y se reunió con ella en el banco.

—Me alegra que te guste. *Salute*.

Natalie acercó su copa a la de él y se puso seria, de repente.

—Gracias por traerme aquí, Demetrio. Es un honor

para mí que quieras compartir conmigo un lugar tan especial.

Él se emocionó, de nuevo. El encanto y la gracia de Natalie que había visto hasta ahora eran increíbles. A su abuela le hubiera encantado.

—El placer es mío, princesa.

Ella suspiró y levantó la cara para mirar las estrellas.

—Me encanta el aroma nocturno de los jardines, especialmente de los que están en este lugar, con sus jazmines y sus cítricos —él no contestó y ella lo miró—. ¿Por qué no cenamos aquí fuera? Es tan romántico... y podemos usar la parte superior del muro como mesa.

—¿Romántico? Hay lagartos y serpientes entre las grietas del muro, por no mencionar las arañas.

—Odio las arañas, en cuanto a las serpientes... – se encogió de hombros, asqueada–. ¿Te das cuenta de que el día que me encontraste robándote el agua en la cocina había trepado por este muro? Me había sentado a horcajadas en él un rato... y llevaba pantalones cortos.

—Ya lo sé —dijo mientras pensaba en cómo su brazo había terminado sobre los hombros de ella—. A lo mejor, la próxima vez que lo hagas tendrás más cuidado.

El calor del cuerpo de Natalie se mezcló con el suyo. El suave olor a perfume en su piel despertó sus sentidos y deslizó su brazo hasta la cintura de ella. Apenas sin respirar, Natalie consintió que la acercara más hacia él. El resultado fue mejor de lo que ambos esperaban. Dejaron de conversar y se quedaron en silencio. Permanecieron sentados, rígidos, como una pareja de adolescentes fingiendo no ser conscientes de la tensión sexual que había entre ellos.

Aunque aparentaba estar absorto en las payasadas del cachorro, que brincaba para atrapar una polilla que revoloteaba alrededor de la luz, en realidad la estaba mirando a ella.

—Otro euro por lo que estás pensando, Demetrio —dijo sin ni siquiera mirarlo—. ¿En qué piensas esta vez?

—En ti, princesa.

—Sientes haberme dicho que viniera, ¿verdad?

¿Lo sentía?

—Sí —respondió francamente.

—Entonces, ¿por qué lo hiciste?

—No pude controlarme.

—Pero ahora que estoy aquí, no sabes qué hacer conmigo.

Demetrio levantó las cejas y miró a través del oscuro mar rezando para resistir la tentación.

—Creo que sabes lo que me gustaría hacer contigo.

—Yo también lo creo, así que, en lugar de evitarlo, ¿por qué no lo hacemos?

Se levantó de su sitio, de repente y se acercó al muro.

—Porque estaríamos locos con sólo considerarlo.

¡«Lo», «lo», «lo»! ¿Por qué utilizaban tanto aquella palabra cuando los dos sabían que estaban hablando de crudo y desinhibido sexo?

—No es ninguna locura que dos personas adultas se dejen llevar por sus instintos.

—En nuestro caso sí lo es. Tu familia, la mía… somos de dos mundos muy diferentes, Natalie. Tu abuela…

Ella se levantó y fue a donde estaba él, tomó su copa y la puso en el muro junto a la suya.

—Demetrio —dijo suavemente mientras le ponía los brazos alrededor del cuello—, esto no es asunto de mi abuela, esto es algo entre tú y yo, así que ¿puedes dejar de poner excusas y besarme de nuevo?

Capítulo 7

CLARO que no –dijo mientras retrocedía–. Es la peor cosa que podría hacer.

Pero Natalie se inclinó hacia él y la besó. Gimiendo, acercó la boca a la de Natalie en una explosión de pasión y, de repente, dejaron de ser dos seres racionales que analizaban los inconvenientes de una relación para ser un hombre y una mujer desesperados el uno por el otro y a los que ya no les importaba el momento, el lugar ni el qué dirán.

La barba le irritó la piel de alrededor de la boca y de la mandíbula. Sus callosas manos le rasparon el cuello mientras que descendían por él y le apartaban el cuello del vestido. Eran los sonidos más hermosos que había escuchado y el dolor más dulce que había sentido, pero no bastaban para saciar su pasión. Se estaba derritiendo por dentro. Estaba hambrienta.

Le rodeó la cintura con los brazos y acopló sus caderas contra él. Entonces, sintió su erección en el pubis y su respiración entrecortada en el cuello. El pulgar de él se coló en el sujetador sin tirantes que llevaba puesto para tocar la suave ladera de su pecho. Un poco más abajo, encontró su pezón que ya estaba excitado y comenzó a jugar con él hasta que Natalie pensó que gritaría de placer.

Temblando, Natalie deslizó las manos desde la cintura hasta el trasero de Demetrio y las dejó allí, un acto que normalmente le hubiera parecido descarado. Pero no había nada de normal en él. Era el hombre más extraordinario que había conocido y quería saberlo todo acerca de él, de su interior y su exterior.

Demetrio se giró y apoyó su cuerpo en la pared. La agarró de la cintura, la elevó del suelo y ella se sentó a horcajadas encima de él. La falda de su vestido colgaba hacia atrás, dejando al descubierto sus muslos y el trozo de tela que llevaba entre las piernas.

Murmurando algo en italiano, la tocó ahí, curvando la mano contra ella, moldeándola y presionando en el lugar idóneo haciéndole olvidar cualquier pensamiento sobre serpientes, lagartos o arañas y dejándola aturdida de placer.

Natalie sintió unas pequeñas e involuntarias sacudidas que no podía controlar y gritó para aliviar la tensión acumulada. Desesperada, se colocó de tal manera que Demetrio pudiera meter el dedo en sus bragas. Dentro de ella.

Él gimió de satisfacción. Le sujetó la cabeza con una mano y acercó su boca a la de Natalie. Deslizó su lengua entre los labios de ella mientras que con la otra mano acariciaba los resbaladizos pliegues de su esencia. Aquello era más de lo que ella había esperado de él, pero no era suficiente, quería absorberlo por todos los poros de su piel. Quería sentir cómo se movía, desnudo, encima de ella. Quería sentir cómo se estremecía, gemía y perdía el control. Quería sentir cómo llegaba al orgasmo mediante ardientes movimientos dentro de ella.

Lo deseaba de tal manera que comenzó a llorar, porque la estaba empujando al límite del placer, pero no lo sentía con ella. Estaba extasiada pero sola.

–¡Demetrio! –jadeó mientras arañaba su camisa y la desabotonaba. Entonces, le arañó el pecho desnudo y continuó descendiendo, pasando la hebilla del cinturón hasta llegar a la bragueta. Incluso a través de la tela de sus pantalones podía sentir su calor, estaba ardiendo de pasión por ella. Pero mientras luchaba por bajarle la cremallera, recobró la conciencia.

Qué fácil sería ahogarse en la profundidad fría y azul de sus ojos, derretirse debajo de él y vivir sólo por ese momento, pero ¿qué pasaría después? ¿Qué pasaría el día siguiente, la semana próxima, el mes que viene y el resto de su vida?

«Habla antes de que sea demasiado tarde, porque mientras que tú podrías vivir con las consecuencias de lo que estás a punto de permitir que suceda, él no. Y si no pudiera, lo perderías para siempre. Has oído que hay hombres que no respetan a las mujeres la mañana siguiente. Ahora puedes experimentarlo tú». Entonces, lo miró a la cara.

—Demetrio —gritó al tiempo que atrapaba su mano entre las piernas—. Tengo que decirte algo antes de que vayamos más lejos.

—¿Qué? —preguntó—. ¿Que no usas la píldora?

—No, no es eso.

—Entonces, ¿qué? ¿Quieres que pare?

—No, nunca, pero yo... —las palabras se atascaron en su garganta y no querían salir. La tentación era horrible porque, si se callaba, consentiría que él continuara, y su traicionero cuerpo era lo que quería. Pero su mente, su cerebro y su conciencia le decían que fuera honesta y que no se callara—. Sólo creo que debes saber algo... Soy virgen.

Las últimas palabras salieron de su boca como si fueran balas y pareció que a Demetrio le llevó un instante el poder entenderlas, porque de primeras ni se movió ni habló. Luego, con un cuidado insoportable, sacó su mano y le bajó el vestido hasta cubrir sus rodillas.

–Esto es un problema para mí, princesa, porque yo ni me acuerdo de cuando lo era. Tenemos que dejar esto aquí y ahora.

–No, no tenemos que hacerlo. No mientras que a ti no te importe que sea mi primera vez.

La bajó de su regazo tan repentinamente que ella casi se cae de lo mucho que le temblaban las piernas.

–Me importa. Tengo demasiadas preocupaciones encima como para añadir a la lista el pecado de desvirgarte.

Natalie se quedó tan pasmada que comenzó a llorar de nuevo. Había estado muy cerca del paraíso y sus escrúpulos lo habían estropeado todo.

–No es un pecado si los dos lo deseamos. Y yo, Demetrio, te deseo.

–Imagínate recordando esas palabras cuando llegue el hombre al que deberías entregarte y sin poder mirarte al espejo de la vergüenza porque te desperdiciaste con un tipo como yo.

–¿Y si tú eres el hombre apropiado?

–Yo no, princesa.

–¿Cómo lo sabes? –insistió–. Demetrio, creo que me he enamorado de ti, que estoy enamorada desde el momento en que te vi.

¡Dios del cielo! Si lo que quería era apartarlo de su lado, iba a conseguirlo diciéndole aquello. Pero la verdad tenía dos caras y si ya le había dicho que era virgen, no tenía por qué ocultarle aquello. Demetrio quedó conmocionado nuevamente. Apartó la cara hacia un lado, agitó la cabeza delicadamente, cerró los ojos y respiró profundamente. Finalmente, la miró y le dijo:

–No sabes lo que estás diciendo. Puedo contar con los dedos de una mano el número de horas que hemos pasado juntos. No son días, ni semanas, ni meses, princesa. Son horas. ¿Cómo crees que es posible enamorarse de alguien en tan poco tiempo? Y menos de alguien como yo.

—A veces sólo necesitamos unos minutos para mirar en nuestros corazones y saber lo que queremos.

Demetrio maldijo y, apartándose de la pared, se paró lo necesario para lanzar un último comentario antes de dirigirse a la casa.

—No has escuchado nada de lo que he dicho, ¿verdad? Tú y yo somos como aceite y agua y no estamos hechos para mezclarnos.

Triste, Natalie vio cómo se marchaba. Como si sintiera su angustia, Pippo le tocó las rodillas con la pata, lloriqueando. Ella se inclinó, lo tomó en brazos y metió su cara entre el cálido y pequeño cuerpo del cachorro.

—No lo creo —susurró—. No me importa lo que diga. Estoy enamorada de vosotros dos y no lo puedo evitar.

Maldiciendo con rabia, Demetrio entró en la cocina. Respiraba con dificultad y tenía el cuerpo bañado en sudor. ¿Cómo había podido permitir que las cosas llegaran a un punto tan cercano al desastre? En su descargo, había que decir que un hombre tendría que estar muerto para no caer en esa tentación. Sus pechos estaban frescos y firmes cuando los había palpado, sus pezones eran pequeños y duros capullos que habían florecido en sus dedos, la parte interna de sus muslos era tan suave como la seda.

Parpadeó cuando su cara comenzó a sudar. Cada palmo del cuerpo de Natalie era tan bonito que un monje ante ella se pensaría dos veces hacer los votos de castidad, y no existía nadie menos monjil que Demetrio Bertoluzzi. En cuanto al desbarajuste que ella había provocado con sus manos, trazando delicados dibujos en sus bíceps, moldeando la curva del músculo del hombro, revoloteando con indecisión en su ingle... Volvería a tener una erección sólo de pensarlo, y no porque ella fuera una amante experimentada, ya había tenido bastantes de ésas y era capaz de ver la diferencia, sino porque su exploración no había sido artificiosa.

Todo sobre Natalie había sido tan escrupulosamente honesto que le había llegado al corazón. No estaba acostumbrado a aquello, por lo que no había sabido cómo afrontarlo. Todo lo que podía haber hecho era marcharse lo más rápido y lo más lejos posible. El problema era que un hombre no puede escapar de sí mismo, siempre lo perseguirían sus problemas y, tarde o temprano, tendría que ocuparse de ellos.

Los pasos que se acercaban provenientes del jardín le indicaron que, en este caso, iba a ser temprano. Ella no iba a desaparecer en la noche y dejarlo en paz, habría sido un estúpido si lo hubiese creído. Reprimiendo un suspiro se giró hacia ella.

–He traido a Pippo. Pensé que no lo querías vagando por ahí. Pero ésa es la única razón por la que he venido, sé que quieres que me marche.

Sí, quería que se fuera, pero más que eso, la quería a ella y no sólo en su cama. Quería hacerla sonreír y escuchar su risa. Quería verla al otro lado de la mesa y conocer más cosas sobre ella mientras compartían la cena que tenían planeada. Incluso quería contarle algo de su vida y aquello era la primera vez que le ocurría. Pero, por el bien de los dos, lo más sabio era deshacerse de ella. Pero terminó diciendo lo siguiente:

–Tú también deberías quedarte. Tienes que cenar y aquí hay comida para dos.

Natalie se pasó la punta de la lengua por el labio superior con nerviosismo.

–Sólo estás siendo educado.

–Bueno, ¿por qué no, princesa? Los modales son atributos de los ricos, ¿sabes?

–Eso no es siempre así.

–Pasa y toma otra copa de vino mientras termino de preparar la cena.

–¿Sabes cocinar?

–Sí –contestó mientras abría otra botella de vino y la servía en unas copas nuevas, porque al escapar de ella, se había dejado las otras en el muro del acantilado–. ¿Por qué te sorprende?

–Porque la mayoría de los hombres que conozco no saben ni freír un huevo. ¿Qué vas a hacer?

–Pasta a la carbonara al estilo Bertoluzzi. No es exactamente un plato típico, pero...

Al estar ocupado tomando ingredientes de la nevera dejó la frase incompleta y ella lo malinterpretó.

–Pero es lo único que cocinas bien.

Reunió todo lo que necesitaba para preparar el plato principal: huevos, panceta, queso pecorino, una rodaja de chapata, pasta fresca hecha aquella misma mañana en una tienda de Positano y tomates que había comprado en un puesto a la orilla de la carretera.

–En absoluto. Soy italiano, no puedo cocinar mal.

Natalie dejó al perro en el suelo, se sentó en un taburete que había al otro lado de la mesa y tomó su copa de vino.

–Serás italiano, pero como te he dicho antes, hablas inglés con acento americano, ¿por qué?

–Mi madre era americana. Conoció a mi padre cuando estaba aquí de vacaciones y no tardaron ni un mes en casarse. Cuando él murió nos mudamos a Estados Unidos. Yo tenía, por aquel entonces, cuatro años.

–¡Oh, Demetrio! Qué tragedia quedarse viuda tan joven y para ti crecer sin un padre.

Demetrio ajustó el fuego y puso encima una sartén de hierro donde añadió un chorro de aceite. Mientras se calentaba, cortó la panceta y picó un diente de ajo.

—Quizá en tu mundo, pero no en el mío —le comentó mientras echaba el ajo y la panceta en la sartén—. Mi padre murió como un gánster, le dispararon a plena luz del día en la calle y estoy seguro de que mi madre no derramó una sola lágrima por él. Por lo que supe más tarde su matrimonio no era feliz y ella nunca se sintió aquí como en casa.

—Puedo entender por qué se marchó. Supongo que también quiso poner distancia entre esos terribles acontecimientos y tú.

—Quería empezar de nuevo y lo hizo —batió los huevos y les añadió queso y pimienta de un molinillo—. Desafortunadamente yo no formé parte de ello. Pásame ese cacharro con sal.

—¿Qué quieres decir con que no formaste parte de ello? —empujando la sal, Natalie lo miró frunciendo el entrecejo—. ¿No me estarás diciendo que te abandonó?

—No inmediatamente —la panceta estaba crujiente y dorada. Quitando la sartén del fuego, lo mezcló con los huevos y puso una olla con agua en el fuego, le añadió sal y, cuando comenzaba a hervir, le echó la pasta—. Ella se casó justo cuando yo cumplí seis años y cuando su nuevo marido decidió que no quería involucrarse con el hijo de un gánster, me envío de vuelta aquí para que viviera con mis abuelos paternos.

—¿Cómo puede una madre hacer algo así a su pequeño, a su único hijo?

—Me supera. Pero no me importó, mi abuela fue la madre que necesitaba. Cuando ella murió...

Se detuvo. Le dolía su recuerdo. Ella se había ido hacía unos quince años y Demetrio pensaba que se recuperaría de la pérdida, pero había pensado mucho en ella desde que había vuelto a la casa. Podía verla en el jardín cuidando de sus rosas, podía oír cómo le cantaba suavemente para que conciliara el sueño, lo había esperado a la puerta cuando llegó como un niño abandonado con una maleta que contenía un oso de peluche y algo de ropa. Incluso podía oler su perfume en el armario del dormitorio principal.

–¿Sí? ¿Qué pasó?

Había llorado durante una semana. Eran las primeras lágrimas que había derramado desde que su madre se había ido y lo había dejado a cargo de una azafata en su viaje de vuelta a Italia. Y, maldita sea, la amable preocupación de Natalie lo estaba acercando a hacerlo de nuevo. Ya era malo que ella hubiera alborotado sus hormonas, pero escarbar en sus blindados sentimientos era insoportable.

La pasta estaba lista y él se alegraba de tener una excusa para no continuar con aquello. Tomó la olla del fuego y la escurrió en el fregadero y se entretuvo mezclando los espaguetis con la mezcla de panceta y huevo. Natalie terminó de poner la mesa y tomó dos servilletas de un rollo de papel de cocina.

–Papel de cocina en lugar de servilletas y cerámica gruesa en lugar de porcelana. No es exactamente a lo que estás acostumbrada, ¿verdad, princesa? –preguntó mientras partía la chapata en una tabla de madera.

–Deja de intentar ser burdo. Cuando restaures el comedor, saldremos a comprar toda la porcelana y el cristal que quieras y lo celebraremos a lo grande.

–Dudo que todavía estés aquí para entonces.

–No te vas a deshacer de mí tan fácilmente, Demetrio. No me voy a ningún sitio próximamente.

Esa última afirmación le dio pie a preguntar algo a lo que le había estado dando vueltas desde el día en que la vio llegar.

–¿Cuánto tiempo tienes pensado quedarte aquí?

–El resto del verano.

–¿Y qué vas a hacer?

–Nada, estoy de vacaciones, las primeras que me tomo en tres años.

En otras palabras, continuaría siendo una fuente de irritación, distracción y tentación virginal los tres próximos meses. ¡Genial! Era justo lo que necesitaba. Natalie tomó un tomate de la fuente y lo sostuvo en la palma de la mano.

–Éstos son los tomates más rojos y con mejor pinta que he visto nunca. ¿Qué vas a hacer con ellos?

–Los voy a cortar en rodajas y a aliñar con aceite de oliva y vinagre balsámico –gruñó mientras pensaba si ella era consciente de lo sensuales que le parecían sus movimientos. La forma en que acariciaba ese tomate, con un dedo sobre su carnosa piel, elevándolo para poder olerlo, lo dejaron paralizado de la excitación.

–Dame un cuchillo, yo me ocuparé de eso mientras tú sirves la pasta.

–Por ser una mujer criada con sirvientes que le han dado todos los caprichos, no tendrás más experiencia en esto que en la jardinería, así que ten cuidado de no cortarte.

Ella comenzó a reír y Demetrio, otra vez, tuvo que apartarse. La seductora forma de su boca, el brillo en sus ojos y la suave elegancia de su cuello cuando echaba la cabeza para atrás, amenazaban su autocontrol.

–No tardes toda la noche –le dijo mientras le pasaba un plato llano, el aceite y el vinagre–. Voy a servir la pasta.

Natalie había cenado a la luz de las velas de los mejores restaurantes del mundo de las ciudades más bellas, como invitada de diplomáticos, nobles y jefes de estado. Había comido platos preparados por los mejores cocineros y nunca la habían seducido tanto como aquella noche, con Demetrio en una amplia, fea y vieja cocina con una tabla de contrachapado como mesa y un simple plato de pasta. Todo era culpa de él. Si hubiera dejado la luz de la bombilla encendida, no se habría encontrado envuelta en el cálido y dorado ambiente de la llama de una vela que reducía el resto de la habitación a sombras, el vino no habría brillado como un rubí ni habría sabido como néctar celestial, lo ojos de Demetrio no se habrían unido a los suyos en un baile de avances y retrocesos y sus voces no se habrían convertido en susurros para contarse sus vidas.

—Me encantaba el colegio —dijo ella.

—Yo lo odiaba.

—Cada día era prometedor. Cada noche me iba a la cama para soñar con el día siguiente.

—Yo nunca dormía con la suficiente profundidad como para apartar las pesadillas.

Ella extendió el brazo a través de la mesa y le tomó la mano.

—¿Qué tipo de pesadillas?

—Las que tampoco desaparecían con la luz del día —sus ojos se angustiaron y su boca se ensombreció—. Recuerdo una noche en particular como si fuera ayer. Me desperté con los gritos de una pobre y joven mujer que suplicaba a mi abuelo que no matara a su marido. Salí sigilosamente a mirar desde la galería. Ella no tenía más de veinte años y estaba arrodillada a los pies de mi abuelo, embarazada. Su marido permanecía de pie a un lado con las manos atadas a la espalda y la cara pálida. «Estoy embarazada, usted también tiene una familia, don Bertoluzzi. Usted también sabe lo que es amar, ¿cómo va a impedir que esta criatura conozca a su padre?».

—¿Qué pasó?

Demetrio fue a buscar una tercera botella de vino a la despensa, la abrió y sirvió las copas.

—Sus súplicas no sirvieron de nada. Mi abuelo asintió con la cabeza y sus «ayudantes» aparecieron, sacaron al hombre de la casa, lo metieron en un coche y se lo llevaron.

Miró la copa de vino de la que todavía no había bebido y se sumergió en un silencio atormentado por recuerdos que ella nunca podría comprender. Natalie había estado rodeada por el amor y la seguridad de una familia toda su vida y el tipo de violencia del que él había sido testigo no lo había visto de cerca.

—Nunca supe qué crimen había cometido, supuestamente, aquel hombre, pero la forma de mirar a su mujer por última vez, sus ojos desesperanzados y la devastación de ella me persiguieron durante meses en mis sueños.

—Siento que hayas tenido que presenciar algo tan terrorífico, Demetrio. ¿Cuántos años tenías?

—Siete u ocho.

—¡Dios mío! Si tu abuela lo hubiera sabido...

—Lo supo. Quizá hice algún ruido o quizá fue a ver cómo dormía antes de irse a la cama, pero recuerdo que venía de su salita de arriba y que me llevó a la cama. Se quedó conmigo hasta que me quedé dormido. Al día siguiente era como si nada hubiera ocurrido. Ella no mencionó el incidente y yo, tampoco.

—¿Por qué no te tomó y dejó al monstruo que tenía como marido?

—Porque sabía que él nunca la dejaría marchar y si lo intentaba, encontraría formas de castigarla que puedes empezar a imaginarte.

¿Fue la desolación que vio en su cara lo que hizo que Natalie diera el siguiente paso? ¿La necesidad de borrar el vacío de sus ojos y llenarlos de esperanza, calor y fe en lo bueno de la vida? Quizá. O quizá simplemente sabía que sólo el amor de una mujer podía borrar el horror de su mente.

—Vamos arriba, Demetrio. Enséñame el resto de la casa.

—No, princesa. No me parece una buena idea.

Pero Natalie tiró de su cabeza hacia abajo, acercó su boca a la de él y lo besó. Escuchó cómo su respiración se aceleraba y cómo el calor de la pasión ahuyentaba sus fantasmas.

—Confía en mí, es la mejor idea del mundo —susurró y, sin saber cómo, se encontraron atravesando el pasillo hasta el vestíbulo, subieron la escalera y llegaron al dormitorio que había ocupado desde niño. Había una lámpara en la mesilla de noche y un libro abierto bocabajo al lado. Las ventanas permanecían abiertas a la apacible y estrellada noche.

En cuanto a la habitación, estaba desnuda, pero era suya y era consciente de estar allí con él. Igual que las velas habían convertido la inmensa cocina en un pequeño y cálido espacio que invitaba a las confidencias, los confines de su dormitorio los acunaban en la intimidad.

—Esto no parece muy grande para un hombre de tu tamaño —dijo ella.

—Por ahora me vale.

—No lo sé —sabiendo que lo estaba tentando cruelmente, se estiró, con la cabeza en la almohada y los brazos completamente abiertos—. Mira, casi no quepo.

Pero él no miró, apartó la cara y miró hacia la ventana.

—Bájate de la cama, princesa. Sé lo que estás haciendo y no va a funcionar.

Acercándose al borde, ella le tomó la mano y tiró de él. Sus ojos ardían.

–Lo digo en serio Natalie, déjalo ya.

–¿Por qué? –susurró–. Sabes que me has traído para eso y que es lo que ambos queremos.

–Pero no significa que esté bien.

Ella tomó su mano y se la acercó a la boca, le estiró los dedos e hizo un círculo con la lengua en la palma de su mano. Entonces, Demetrio se dejó caer a su lado y la besó.

Sus dientes tiraban suavemente de los labios de Natalie, su lengua se adentraba hasta las profundidades de su boca. Le robó el aliento y el corazón. Natalie enterró sus dedos entre el pelo de Demetrio, susurró su nombre y acomodó su pelvis en la de él.

–¡Bruja! –gruñó él mientras quitaba la boca de la de ella–. Levántate y vete a casa antes de que olvide que estoy intentando hacer algo honesto.

–No, quiero estar contigo. Por favor, Demetrio, no me eches. Pasemos la noche juntos.

–Así no. No con la cabeza aturdida por el vino –insistió.

Pero estaba borracha por el deseo, no por el vino. Intoxicada por todo lo que había precedido a aquel momento, no sólo por los besos, las caricias o por haber intimado en un lugar tan querido por su abuela, sino porque, por primera vez, había compartido con ella algo sin que Natalie hubiera tenido que sacárselo sílaba a sílaba. Permitiendo que supiera cosas sobre su pasado, había revelado una vulnerabilidad que ella no hubiera imaginado nunca y con cada palabra y cada mirada le había llegado al corazón.

Habían llegado demasiado lejos en pocas horas como para dejarlo terminar ahí, así que Natalie se puso de pie, se quitó el vestido, después el sujetador y, por último, las medias, y se quedó completamente desnuda frente a él.

–Mi mente no ha estado nunca más despejada, Demetrio.

Él se apoyó en un codo y miró, sin dar crédito, su cuerpo de arriba abajo.

–¿Qué demonios haces?

Natalie se sentó a horcajadas encima de él y lo besó nuevamente en la boca. Pasó sus pezones por el pecho de Demetrio y tomó una de sus manos y la puso entre sus piernas.

–Mostrarte cuántas ganas tengo de hacer el amor. ¿Vas a desnudarte o lo hago yo por ti?

Capítulo 8

DEMETRIO apretó los ojos y gimió. Natalie acarició su mejilla y le susurró:

—No te preocupes, estaré bien.

—Será el mayor error de nuestras vidas —dijo apartando su cara a un lado.

Natalie le desabotonó la camisa, le besó el pecho y le pasó la lengua por los pezones y el ombligo.

—¿Te parece esto un error, Demetrio? —murmuró mientras se deslizaba más abajo y presionaba con su boca la tela de sus pantalones donde se hacía evidente su erección—. ¿Y esto?

—Por el amor de Dios, Natalie...

Le abrió la bragueta y lo liberó. Lo miró embelesada y pasó los dedos por encima de él. Era grande, mucho más de lo que esperaba, dura y suave. Era perfecta.

Demetrio gimió y se abalanzó sobre la cama tan violentamente que tiró al suelo la lámpara de la mesilla. Se quitó la ropa y se giró hacia Natalie.

Entonces, tumbados y con sus cuerpos entrelazados, comenzaron a buscarse las manos y besarse frenéticamente en aquella cama demasiado estrecha y demasiado corta de su infancia.

—Esto es una locura, princesa —jadeó Demetrio.

—¿Lo es, mi amor?

—No —contestó y la empujó para que se quedara boca arriba.

Natalie le abrió sus brazos, sus piernas, su corazón y su alma. Demetrio se sentó sobre ella, apoyó la punta del miembro viril contra su cuerpo y la deslizó en su interior.

Ella se quedó sin respiración y susurró su nombre. Él se apoyó en los codos y la miró a los ojos.

—No quiero hacerte daño, princesa.

—No me lo harás.

—¿Estás segura?

—Más que nunca.

Todavía aguantando su peso, empujó más fuerte y se deslizó más profundamente. Ella se tensó al sentir una molestia, y entonces Demetrio paró y mirándola a los ojos le preguntó:

—¿Quieres que pare?

—No, nunca.

Entonces empujó un poco más y luego otro poco hasta que la penetró por completo.

—¿Princesa?

Natalie sonrió y tiró de él hacia abajo hasta que el cuerpo de él cubrió el suyo.

—Como te atrevas a parar ahora, me muero.

Acercó su boca a la de ella y comenzó a mecerse lentamente. Natalie tomó su ritmo y se movió con él con tanta naturalidad y facilidad que parecía que llevaban años ensayando para ese momento. Poco a poco, el ritmo se fue acelerando hasta que acabaron. Demetrio tomó las nalgas de Natalie en sus manos y la penetró una y otra vez. Cada empujón era más imperioso que el anterior. Natalie comenzó a temblar hasta que se tambaleó presa del éxtasis. Estaba, otra vez, al borde del placer, pero esa vez no estaba sola, estaba a salvo en los brazos del hombre que amaba. Él volaba a su lado, alcanzando las mismas estrellas y pronunciando su nombre con una voz quebrada por la pasión.

Finalmente se puso tenso, se enzarzó en un combate mortal con una fuerza descontrolada hasta que soltó un poderoso gemido mientras su cuerpo se estremecía y vibraba totalmente rendido.

–Te quiero –dijo Natalie.

Finalmente el tumulto se desvaneció. Un silencio sobrenatural se hizo con el dormitorio. Demetrio estaba rígido, demasiado rígido. Entonces se giró sobre su espalda, le acarició el húmedo pelo de la frente y susurró:

–¿Estás bien?

Desconcertada, por su reacción física y porque no le había devuelto el «te quiero», preguntó:

–¿Por qué me lo preguntas? ¿Es porque te he dicho que te quiero y crees que lo he dicho porque me he dejado llevar por el momento y que me arrepentiré después?

–Te lo he preguntado porque hace un momento eras virgen –respondió con un suspiro de... ¿impaciencia? ¿irritación? ¿arrepentimiento?–. Claro que estoy preocupado, cualquier hombre lo estaría, la primera vez puede no ser una experiencia muy... cómoda.

–Ha sido una experiencia increíble y tú no eres cualquier hombre –tomó su mano y la posó en la curva de su pecho izquierdo–. Mira qué acelerado tengo el corazón, Demetrio, y tú eres la causa, pero ten por seguro que mi mente nunca estuvo más despierta. De verdad, te quiero.

Se hizo otra vez el silencio.

–Deberías irte antes de que me odies.

–No podría odiarte nunca.

Demetrio apartó las manos de Natalie y salió de la cama.

–Vete a casa, princesa –le ordenó mientras le pasaba la ropa y tomaba la suya.

Decepcionada, se vistió lo más rápido posible. Bajaron juntos a la cocina y cuando él iba a salir para acompañarla a casa, lo detuvo.

–He sobrevivido hasta aquí, creo que puedo volver sola a casa.

–Prefiero...

–Yo no. Gracias por... todo.

–Princesa –comenzó.

Pero ya había dicho suficiente, o no, dependiendo de sus diferentes puntos de vista. Él no iba a decirle que la quería y a ella le daba igual escuchar cualquier otra cosa.

–Buenas noches, Demetrio.

Era casi medianoche, lo suficientemente tarde, pensó Natalie, como para meterse en su cuarto sin ser vista. Pero cuando llegó, la puerta principal se abrió repentinamente y se encontró entre las cegadoras luces de la lámpara y la mirada desconfiada de su abuela.

–Pensé que ya estarías en la cama –dijo tartamudeando y sintiéndose culpable como una escolar que violaba el toque de queda.

–Y yo tenía la impresión de que tú habías estado en la cama toda la tarde –respondió Barbara–, pero ya veo que estaba equivocada. ¿Puedo atreverme a preguntar dónde has estado –bajó la mirada a las sandalias que colgaban de la mano de Natalie– que consideras necesario regresar tan sigilosamente?

–Sabes muy bien de dónde vengo, abuela, así que vamos a dejar los juegos. He cenado con Demetrio Bertoluzzi.

–¿Hasta ahora? ¡Dios mío! ¿Cuántos platos ha preparado?

Dejando de lado las ganas de responder que mientras el plato principal había estado delicioso, el postre servido en el dormitorio los había sobrepasado a los dos y no había estado a la altura de lo que esperaba, Natalie se encogió de hombros.

–Imagino que más o menos los mismos que Marianna Sorrentino, porque tú también acabas de llegar. Y antes de que me lances otro sermón sobre lo loca que estoy al juntarme con Demetrio, te alegrará saber que él está de acuerdo contigo. Tal y como hemos acabado esta noche, dudo que vuelva a invitarme.

–Entonces no diré nada más –declaró la abuela con una gran sonrisa– , ni siquiera que ya te lo había dicho.

La mayor parte de aquella noche se la pasó recorriendo el piso de arriba y maldiciéndose a sí mismo por su debilidad, por el dolor que sabía que le había infligido a Natalie y por la situación en la que ambos estaban a partir de ese momento, y maldiciéndola a ella por creer que él era merecedor de su amor.

Tenía treinta y cuatro años y había sido un marginado social la mitad de ese tiempo. Pero era duro. Tuvo que serlo para sobrevivir aquellos años bajo el techo de su abuelo, si no lo fuera, estaría muerto. Finalmente se había construido una nueva vida, había tenido éxito y había hecho amigos que lo respetaban por su integridad y su decencia, pero eso no significaba que hubiera olvidado cómo se sentía estando excluido. Ahí radicaba la insalvable diferencia entre Natalie y él. Si dejaba que ella invadiera su corazón, y sólo Dios sabía cómo le gustaría hacerlo, ella tendría que aprender, de golpe, algo que él había entendido desde que era un niño: que ser rechazado, en el caso de ella por la clase social a la que había pertenecido, dejaba una herida que nunca terminaba de curarse. Natalie no lo soportaría y él no iba a dejar que lo probara.

Podía haberlo hecho más fácil para ambos y haber

explicado por qué representaba a un hombre que sólo tenía una casa heredada que se estaba viniendo abajo. Pero tenía su orgullo, al igual que Natalie, y había prometido, hacía muchos años, no disculparse nunca más por quién era.

La gente que había importado a su abuela la había hecho sufrir y él no se había transformado tanto como para no disfrutar humillándolos cuando podía. Natalie no lo veía en ese momento, pero guardando la distancia, le estaba haciendo un favor, porque cuando llevara a cabo su venganza, estaría liberado. El círculo de amistades de la abuela de Natalie no lo perdonaría nunca por hacerlos parecer idiotas y si creían que ella era su cómplice, tampoco la perdonarían.

Empezaba a amanecer cuando estaba en el dormitorio principal. Hacia el oeste y entre las ramas de los árboles que separaban su propiedad de la de Barbara Wade, podía ver la habitación de Natalie. Esperaba que estuviera dormida y que hubiera tenido una noche mejor que la suya. Esperaba que el enfado y el asco hubieran agriado sus ilusiones amorosas y que hubiera decidido que lo que había creído, por error, que era amor, no era, en realidad, más que un capricho. Era lista, culta y sofisticada. Tenía que saber que era normal que una mujer idolatrara, de alguna manera, al hombre con el que había mantenido una relación sexual sin que él lo mereciera. Pero ¿y si no era así?

—Entonces, princesa, es mejor que sientas un poco de dolor ahora que una pena enorme más adelante —dijo mientras deseaba tener una varita mágica que arreglara las cosas entre ellos dos.

Cuatro días más tarde, Demetrio fue al ayuntamiento de Positano para comprobar los requisitos para restaurar la fontanería de su residencia. Cuando volvió a la camioneta se encontró la rueda trasera izquierda pinchada.

Le dio una patada a la rueda. La camioneta estaba vieja, pero las ruedas eran nuevas y no había razón para que una de ellas hubiera fallado. Además, tenía que mover la última carga de materiales de construcción para sacar la rueda de repuesto y hacía un calor infernal.

—El final perfecto para una maldita semana de perros —se quejó mientras apilaba los materiales a un lado y sacaba la rueda de repuesto y el gato—. ¡Maldita chapuza de rueda!

—¿Necesita ayuda?

Al levantar la vista, vio la mirada comprensiva de un hombre que pasaba por allí. No tenía más de treinta años y llevaba pantalones cortos, una camiseta, zapatillas de deporte y una cámara colgada del cuello. Llevaba el negro pelo largo con mechas rubias atado en una coleta y un aro plateado en su oreja izquierda. Para cualquiera era un turista más, pero Demetrio había tenido la suficiente experiencia en su infancia como para reconocer a un policía de incógnito.

—Supongo que desde el momento que digo mi nombre y la gente sabe quién soy, paso a ser un sospechoso por aquí.

Su acompañante se agachó a su lado para pasarle el gato.

—Soy el detective Cristofani Russo —se presentó en voz baja— y en esta ocasión, su nombre es una ventaja para usted y para nosotros.

—¿Y cómo es eso?

—El otro día, tuvo visita. Un promotor inmobiliario llamado Cattanasca.

—¿Me está diciendo que estoy bajo vigilancia?

–Usted no, *signor*, pero estamos muy interesados en Cattanasca.

–Entonces probablemente sepan que quiere comprarme la casa.

–La quiere desde hace mucho tiempo y pensó que la había adquirido hasta que usted llegó y comenzó a reformarla.

–Y a ustedes les preocupa eso porque...

–Planea convertir su propiedad en un complejo de veinte casas para venderlas a un alto precio.

–¿En ese barrio? –mientras quitaba la rueda rápidamente, Demetrio lo miró con desdén–. ¡Imposible! La Asociación de Vecinos no lo permitirá.

–Estaría sorprendido si supiera las cosas que ha logrado hacer Cattanasca a lo largo de los años –Russo le pasó las tuercas mientras Demetrio colocaba la rueda de repuesto y comenzó a describirle la clase de poder corrupto que aquel hombre ejercía en la zona.

Cattanasca era un tiburón de los créditos así como del negocio inmobiliario. Era conocido por sus negocios en el mercado negro. Era culpable de soborno para saltarse normas de edificación y leyes de urbanismo, de engañar a propietarios desinformados sobre el valor real de sus terrenos, de utilizar materiales de construcción de baja calidad y, todo eso, con un número suficiente de oficiales de alto rango en nómina como para no ser arrestado nunca.

–Este pueblo no merece ser mancillado por un hombre como Cattanasca. Tenemos que detenerlo y creemos que usted puede ayudarnos.

–¿Por qué yo? –Demetrio se sorprendió.

–Porque usted es el candidato perfecto para hacerlo: un hombre cuyo pasado familiar no soporta una inspección minuciosa y que ha emprendido unas obras que, aparentemente, no tiene forma de pagar.

—Quieto ahí —soltó Demetrio—. Primero, las cosas no son siempre lo que parecen y segundo, no voy a comprometer mi integridad ni siquiera por la policía.

—Hemos llevado a cabo una profunda investigación y sabemos que usted es mucho más de lo que aparenta, señor. No le estamos pidiendo que comprometa sus principios, precisamente es su integridad lo que lo convierte en el hombre adecuado para el tipo de trabajo que hemos pensado. Lo más que le pediremos es que haga de tripas corazón y trate con Cattanasca y que mantenga en absoluto secreto nuestro trato.

—Regresé aquí para hacer las paces conmigo mismo y para que mis vecinos sepan lo que valgo, no para comenzar una guerra con ellos. Y eso sería muy posible si se sabe que estoy haciendo negocios con alguien como Cattanasca.

—Una vez que alcancemos nuestro objetivo, aclararemos, públicamente, que no tiene nada que ver con él. Naturalmente, se lo garantizaremos por escrito.

Russo se detuvo el tiempo suficiente como para dejar claro que guardaba lo mejor para el final.

—Mírelo desde este punto de vista, usted siempre sale ganando. Si lleva esto a cabo, no sólo ganará el respeto de sus vecinos, sino que también lo admirarán y le estarán agradecidos.

Era una propuesta tentadora, pero había aprendido, hacía muchos años, a no tirarse de cabeza a una piscina sin haber comprobado antes la profundidad del agua.

—Todavía no me ha dicho qué es lo que quiere que haga.

—¿A estas alturas? —Russo lo ayudó a meter los materiales en la camioneta, y entonces le estrechó la mano mientras le ponía, disimuladamente su tarjeta en la mano.

–Tómese uno o dos días para pensar en lo que le he dicho y si decide que le interesa, llámeme.

–Vale, pero no le prometo nada.

–Lo entiendo.

–Gracias por la ayuda.

–De nada –antes de continuar su camino, Russo se volvió por última vez–. Respecto a la rueda, no culpe al fabricante, sólo tiene que inflarla de nuevo.

–Sí, ya me lo imaginaba.

–Es usted un hombre inteligente, y es una de las razones por las que lo hemos elegido.

Natalie tomaba el sol tumbada boca abajo en su toalla. Estaba medio dormida, en un agradable estado que ayudaba a paliar el dolor que sentía en su corazón y que la inmunizaba de la conversación que había mantenido con su abuela aquella misma mañana.

–Me han invitado a una fiesta en Capri. Vente, Natalie, habrá gente de tu edad y estoy segura de que te divertirás.

Tenía buenas intenciones, por supuesto, pero no entendía que en el frágil estado en el que se encontraba, Natalie no podía tratar con la preocupación de su abuela.

–Gracias, abuela, pero paso.

–Cariño, esto no es sano, tienes que salir de esta casa.

–Lo hago todos los días.

–No se trata de pasar horas sola en la playa.

Pero era una forma de evadirse y de ocuparse de sus heridas sentimentales.

–La brisa es agradable –contestó. Los últimos días había subido la temperatura y en la zona de la piscina hacía demasiado calor–, y, además, prefiero nadar en el mar.

—Hay cosas en el mar, cariño, seres vivos... y por no subir y bajar ese acantilado...

—El ejercicio me viene bien.

—Bueno, supongo que cualquier cosa es mejor que malgastar tu tiempo con el atroz de Demetrio Bertoluzzi.

Incluso en su somnoliento estado, recordar su nombre le hizo enterrar sus dedos en la arena.

—No quiero hablar sobre él y si insistes en recordármelo, dormiré en la playa. Ve a Capri y diviértete, estaré bien aquí sola.

Lo había conseguido, su abuela se había ido y Natalie estaba inmersa en la paz y la tranquilidad que su espíritu ansiaba. Podía llegar a dormir, algo que no conseguía hacer por la noche. Suspirando, se relajó totalmente. «Estaba en un tren abierto y era invierno. Podía oír el ruido de la locomotora de vapor y podía sentir las frías punzadas del aguanieve al posarse sobre sus hombros desnudos. Entonces, el repentino cambio al verano y mientras una templada bofetada de lluvia le caía por la cara...».

Se despertó y escondió la cara entre la toalla cuando le cayó arena encima. Una lengua caliente investigó en su oreja, unas uñas afiladas rascaron su brazo y un estridente ladrido terminó por disipar su sueño. Entonces olió a perro mojado y al girarse se encontró cara a cara con Pippo.

—¡Pequeño! —se puso de rodillas y tomó al perro en los brazos. Lo besó y lo acarició sin importarle que la llenara de pelos—. Te he extrañado. ¿Cómo me has encontrado?

—Realmente —dijo Demetrio por detrás de ella—, él no lo ha hecho. Yo lo bajé hasta aquí. Lo siento si hubiera sabido que estabas aquí, hubiera...

Sin atreverse a girarse para mirarlo, agitó la cabeza.

—No tienes que disculparte. La playa no es mía.

—Ya, pero no te hubiera molestado.

—No lo haces.

—Estabas durmiendo.

—No, estaba a punto de marcharme —soltando a Pippo, sacudió la toalla y las sandalias y se giró hacia el acantilado. Al levantarse, se encontró con su pecho. Su pecho desnudo. No era una novedad, nunca había conocido a un hombre con una aversión tan grande por ponerse una camiseta. Él puso sus cálidas y fuertes manos en los hombros de ella.

—Estás mintiendo, princesa.

—Sí, porque no pareces capaz de soportar la verdad, así que quítame las manos de encima y deja que me marche.

—No.

—¿Cómo?

—No —repitió.

—Puedo hacer que te arresten por esto.

—Princesa —dijo acercándose hasta que sus palabras tocaron los labios de Natalie, sus muslos desnudos se alinearon con los de ella y apoyó la pelvis en su desnuda barriga—, por lo que estoy pensando ahora y lo que quiero hacer, me pueden encerrar los próximos diez años y no me importa.

La besó desesperadamente, intensamente y, porque no pudo controlarse, ella también lo besó a él. Cuanto tiempo estuvieron pegados el uno al otro es algo que quizá sólo sepa Pippo, quien, finalmente ladró de desesperación y arañó una de las piernas de Natalie. Maldiciendo suavemente, Demetrio la soltó. Ella retrocedió y llevándose los temblorosos dedos a los labios, preguntó:

—¿Por qué has hecho eso?

—¿Por qué crees? —respondió con ojos atormentados–. Porque no he podido evitarlo, porque soy un idiota, porque tú estás aquí y porque no puedo alejarme de ti.

–¿Por qué eres un idiota?

–Te aparté de mí, ¿verdad?

–Sí.

–Bueno, te estoy pidiendo que vuelvas.

–¿Por qué?

Se tocó donde se le marcaba la erección, un rápido y erótico gesto que hizo que Natalie se derritiera por dentro.

–Mírame, princesa, ¿por qué crees?

–¿Por qué quieres sexo?

–No –dijo bruscamente–. Porque te quiero.

Capítulo 9

HASTA aquel momento no se había decidido. Pero al estrecharla entre los brazos y probar la salvaje dulzura de su boca, supo que iba a aceptar la proposición de Cristofani Russo. Llegaría hasta donde hiciera falta para demostrar que merecía otra oportunidad con ella. La decisión no alivió la tensión del momento. Demetrio la deseaba y los ojos aturdidos de ella y la agitación que sentía en el pecho indicaban que estaba más que preparada para él. Subir por el acantilado hasta su casa estaba descartado, no había tiempo.

Un rápido vistazo por la playa y se dieron cuenta de que estaban solos. Demetrio tomó la mano de Natalie y la llevó hasta la base del acantilado, donde podían tener algo más de intimidad. Lanzó al perro un juguete de mascar para tenerlo ocupado un buen rato y, extendiendo su inmensa toalla en la arena, se volvió hacia ella.

Natalie llevaba un biquini verde lima. Demetrio se lo quitó en unos segundos, se deshizo de su propio bañador y sin previo aviso, la tiró encima de la toalla y se hundió en ella mientras gemía.

Demetrio tuvo un orgasmo casi enseguida, al igual que Natalie, que se elevó para alcanzarlo, mientras lo rodeaba con las piernas por la cintura.

Después, permanecieron tumbados un largo rato con los cuerpos todavía unidos. Él le acarició el pelo y la cara, le besó los párpados, la nariz, la mandíbula y las orejas. Le pasó las manos por el cuello y por los pechos y sintió cómo se estremecía por debajo de sus dedos. Volvió a excitarse.

Esa vez lo hicieron despacio. Disfrutaron cada segundo tocándose y susurrándose lo felices que estaban por haberse reencontrado, pero también duró poco y terminaron con una excitante prisa que abrasó el alma de Demetrio. Al borde de la extenuación, Demetrio cubrió sus piernas con el sobrante de la toalla y la meció en su pecho.

—Podría estar aquí tumbado contigo toda la noche.

—Me encantaría que lo hicieras. Me encantaría pasar una noche entera contigo.

—No he usado protección, podrías estar embarazada.

—¿Te importaría eso?

—No es algo de lo que me sentiría orgulloso, princesa, pero si me estás preguntando si te abandonaría, la respuesta es «no».

Cuando Natalie cerró los ojos, las pestañas acariciaron el pecho de Demetrio.

—Probablemente no lo esté, acabo de tener el periodo.

—De todas formas, estaré mejor preparado la próxima vez.

—¿Va a haber una próxima vez?

—Cuenta con ello. Ya estoy deseando hacerte el amor a la luz de la luna.

—¿Me haces la cena antes?

Sintió una dolorosa punzada al tener que decepcionarla.

—Esta noche no, princesa. Tengo que hacerme cargo de un par de cosas. ¿Qué te parece si salto la valla del jardín y te recojo a las nueve en el camino al acantilado de la casa de tu abuela? No quiero que andes sola en la oscuridad, hay una caída grande.

—Allí estaré —dijo.

—Y yo te estaré esperando.

Cuando regresó a casa. Demetrio telefoneó a Russo.

—¿Es buen momento para hablar?

—Depende de lo que tenga que decir —respondió el detective.

—Estoy interesado. Si puedo ayudar a que se deshagan de Cattanasca, cuenten conmigo.

—Eso es lo que esperaba oír. Hay un café al aire libre en la plaza de Positano, cerca de la comisaría. Nos veremos allí mañana a las once, pero no nos sentaremos en la misma mesa. Me encargaré de que la mesa que esté al lado de la mía no sea ocupada.

—Bien, hasta mañana.

—Hasta mañana —repitió Russo—. Y recuerde, Demetrio, no puede contarle nada de esto a nadie; si se filtra lo que tenemos planeado, habremos perdido antes de comenzar.

—Lo entiendo.

La noche estaba templada y el cielo estrellado. El jardín olía a lilas y Natalie caminaba por él en dirección al punto donde se habían citado. Demetrio ya estaba allí, con una linterna en la mano y una manta doblada sobre su brazo.

—Hola —dijo mientras tiraba de ella hacia sí para darle un beso que la dejó sin fuerzas.

No tenía de qué preocuparse. Demetrio iba delante y paraba a menudo para alumbrar el camino y guiarla hasta que sus pies tocaron la cálida arena.

Extendió la manta en el suelo y preguntó:

—¿Quieres caminar un poco?

–Si tú quieres…

–Yo no –dijo él–, sólo intento mostrar algo de contención.

Natalie se bajó los tirantes del vestido y dejó que el cuerpo de éste se quedara anclado en su cintura y ofreció sus pechos a Demetrio.

–Por favor, no lo hagas, me muero por ti, Demetrio.

Él bajó la cabeza y besó sus dos pechos. Con la lengua, trazó un camino por las marcas blancas que el biquini le había dejado en la piel y cuando ella lo tenía agarrado por el pelo, incapaz de contener los pequeños gritos de placer que él le provocaba, Demetrio bajó más. Natalie echó la cabeza para atrás al sentir el cálido y dulce flujo que humedecía su entrepierna. Tiró de su vestido hasta que le cayó a los pies, dejando al descubierto que no llevaba bragas. Demetrio recobró el aliento, le tocó fugazmente la boca e introdujo uno de sus dedos en el interior de sus carnes.

–Demetrio –susurró ella.

Entonces, él comenzó a quitarse la ropa y a echarla a un lado sin importarle dónde aterrizaba, hasta que se quedó desnudo como ella.

–Me he prometido a mí mismo que esta vez me lo iba a tomar con calma –susurró mientras su erección empujaba con ansia la barriga de Natalie–. Intentaré cumplirlo.

La acomodó sobre la manta y se arrodilló a su lado. Tomó las dos manos de ella en una de las suyas y las puso encima de la cabeza de Natalie. Comenzó con su boca un placentero recorrido bajando por su cuerpo hasta que le separó las piernas.

Natalie explotó de placer después de que Demetrio le pasara su ardiente lengua por la entrepierna unas cuantas veces. Entonces deseó desesperadamente, hacerle sentir, por lo menos, una mínima parte del placer que él le había producido. Mientras todavía tenía la cabeza enterrada entre sus piernas, Natalie se retorció y pudo alcanzarlo con su boca.

Dibujó con su lengua una espiral alrededor del suave y duro miembro y sintió cómo Demetrio se estremecía al besarle la punta. Natalie estaba encantada con el poder que tenía, con su habilidad para hacerle sentir placer con la misma facilidad con que Demetrio se lo había hecho sentir a ella. Pero él demostró una increíble resistencia y se negó a sucumbir al placer. En lugar de eso, se movió y se tumbó encima de Natalie y, finalmente, se deslizó en su interior.

Esa vez se amaron lenta, profunda y suavemente para llegar juntos a un orgasmo dulce y tan intenso que hizo que a Natalie se le cayeran las lágrimas.

Ser acariciada, besada y amada por un hombre como aquél era más de lo que podía esperar experimentar. Era el paraíso terrenal. La tercera vez que le hizo alcanzar el éxtasis, Natalie pensó cómo podía haber tenido dudas acerca de un hombre que era un complemento para su mente, su cuerpo y su alma.

Russo ya estaba allí cuando Demetrio llegó a la cafetería. Estaba leyendo el periódico en una de las tres pequeñas mesas que había en la esquina de la plaza, mientras que dos mujeres de mediana edad charlaban sobre cafés con leche en otra de las tres mesas. Demetrio se sentó en la tercera, pidió un café y hojeó un periódico que habían dejado en su mesa.

—Hay un artículo muy bueno en la sección de deportes —comentó Russo mientras pasaba página y se lo ponía delante—. Llévatelo cuando te vayas; mientras, finge interés por los titulares y presta atención.

—Éste es el plan —dijo la mujer que estaba sentada

más cerca de él en la segunda mesa, y comenzó a resumírselo al tiempo que la otra mujer se inclinaba hacia delante para fingir que escuchaba el último chisme.

Estaba claro, tenía que simular que se había quedado sin dinero y que le habían denegado un crédito bancario. Tendría, entonces, que acercarse a Cattanasca y pedirle ayuda, pedirle un crédito de sesenta días y acordar poner su casa como aval. Tenía que ponerse en manos de Cattanasca, aceptar sus elevados intereses y aparentar estar sin blanca el tiempo que durara el préstamo.

—Sesenta días nos da a nosotros bastante tiempo —dijo Russo mientras dejaba el periódico en la mesa y se estiraba como un gato —para reunir las pruebas que necesitamos para encerrarlo. Llegados a ese punto, su trabajo habrá terminado.

—Me parece un gasto financiero considerable para mí.

—No, *signor* —respondió la mujer con una sonrisa—. En términos económicos usted no perderá nada. Sólo le pedimos que nos dedique su tiempo y su cooperación. Se le venderán bienes robados y materiales de baja calidad y se lo forzará a aceptar los inseguros servicios de los obreros de Cattanasca. Usted es un experto en su campo, sabe lo que tiene que buscar. Tiene que guardar pruebas de todas las transacciones, inspeccionar y evaluar la calidad del trabajo realizado. Estamos hablando de pequeños detalles, *signor*. No pase nada por alto. ¿Cree que podrá hacerlo?

Por Natalie había podido dormir la noche anterior por primera vez en una semana. Por ella, se había despertado aquella mañana listo para afrontar el día con energía y optimismo. Si lo que acababa de oír era el precio que tenía que pagar para tenerla en su vida, pagaría, gustoso, tres veces más.

–Puedo hacerlo, pero no entiendo la utilidad que va a tener.

–Usted no tiene que entender, es un pequeño pero importante eslabón de una larga cadena y cuanto menos sepa de lo que está ocurriendo, más fácil le será desempeñar su papel.

–No mire ahora, pero nuestro amigo Cattanasca está cruzando la plaza y se dirige hacia aquí –Russo se levantó–. Será mejor que le eche un vistazo a la sección de deportes y encuentre lo que hay escondido ahí antes de que se interese por usted –dijo antes de irse.

Demetrio encontró una hoja de papel doblada entre la primera y la segunda página. La dobló más y se la metió en el bolsillo de la chaqueta para ocultarla.

–Justo a tiempo –comentó la mujer–, lo está mirando, *signor*, y viene directamente para acá –buscó en su bolso, sacó un espejo y se pintó los labios. ¿Estamos?

–Sí –contestó su compañera.

Sin mirar en su dirección, se marcharon. Después de un instante, vio una sombra en su periódico y miró hacia arriba para ver cómo Cattanasca dejaba un caro maletín de cuero encima de la mesa y tomaba asiento frente a él. Demetrio dobló el periódico y lo dejó en el borde de la mesa. Comenzaba el juego.

Le había dicho a Natalie, cuando la acompañó de vuelta a casa de su abuela la noche anterior, que iba a estar trabajando ese día, por lo que ella pensó que pasarse por su casa interrumpiría su tarea. Pero Demetrio había acabado diciendo que le gustaría llevarla a cenar fuera por la noche.

–¿Fuera? –repitió sorprendida–. ¿Una cita? ¿En un restaurante?

—Ésa es la idea. Puedo llevarte a un lugar donde los amigos de tu abuela no nos reconocerán.

—Eso no me importa. Es sólo que nunca pensé que haríamos algo juntos en público. Pero me alegra haberme equivocado.

—Aunque tu abuela esté en Capri, dejarnos ver en su territorio sería una provocación y no quiero crear problemas innecesarios entre las dos.

—No lo harás. Aprendí hace años cómo tratar a mi abuela cuando intenta controlarme. Sabe que soy capaz de mudarme a un hotel si intenta meterse en mi vida.

—Vale, entonces, ¿te recojo a las siete?

—Llama al telefonillo y Romero abrirá las puertas.

—¿Crees que es una buena idea que me presente en la puerta principal?

—Demetrio, he sufrido por ti y se acabó lo de esconderse, así que preséntate en la puerta principal a menos que… lleves la camioneta.

—¿Es la camioneta un problema?

—No, pero si tú quieres, puedo conducir yo. Tenemos cuatro coches en el garaje…

—No, no quiero.

—Sólo estoy pensando en que te estás gastando una fortuna en arreglar tu casa —se apresuró a explicar— y, teniendo en cuenta lo que cuesta la gasolina, no quiero que te cargues de gastos innecesarios por mí.

—Deja que yo decida qué puedo permitirme, princesa; tú concéntrate en pasártelo bien mañana por la noche.

Natalie siguió su consejo y pasó el día en un spa de Positano, donde se ocuparon de todo su cuerpo. Diez minutos antes de las siete, sólo le quedaba ponerse el vestido de algodón y las sandalias de tacón que había comprado aquella misma mañana. Se puso perfume en las muñecas, unos pendientes de plata y un anillo granate a juego con las rosas de un color rojo oscuro del estampado de su vestido amarillo. Estaba lista.

Romero estaba abriendo la puerta cuando ella bajaba por las escaleras y si lo había sorprendido encontrar una camioneta aparcada bajo el pórtico y que su acompañante de esa noche fuera el indeseable de Demetrio Bertoluzzi, estaba muy bien entrenado para no mostrarlo. Ayudó a que Natalie entrara en el coche y, después, sostuvo la puerta del conductor para que entrara Demetrio.

—Páselo bien, *signora* —dijo.

—¿Ves? No ha sido tan difícil, ¿verdad?

Demetrio redujo la velocidad al llegar a un stop y tiró de Natalie hasta que la tuvo contra su cuerpo.

—Habla por ti. Estás tan guapa que, cuando te he visto, te habría hecho lo que voy a hacerte ahora, pero temí que tu mayordomo se cayera del susto —dijo y la besó.

Oscureció y salieron las estrellas y la luna. Demetrio tomó la cara de Natalie entre sus manos y con delicadeza utilizó su lengua, sus labios y sus dientes. La había dejado sin aliento y le había robado el corazón una vez más. Cuando por fin se retiró, a ella le temblaba todo el cuerpo.

—Esto me mantendrá por ahora —dijo mientras dirigía su atención a salir de la carretera a la autopista sin darse cuenta de lo agitada que Natalie estaba por la intensidad de las sensaciones que le provocaba.

La llevó a Nápoles, a un pequeño restaurante al aire libre en la bahía, donde servían vino en jarras de cerámica coloridas, pan en tablas de madera y platos de cerámica con el mejor *cioppino* que había probado nunca.

Después de la cena, bailaron una selección de los

éxitos de Dean Martin interpretados en un viejo piano por un viejo marino algo ebrio. Natalie estaba en el paraíso. La luna iluminaba la bahía de Nápoles, unas grandes velas titilaban en las mesas, Demetrio la sujetaba contra él y *Ritorna-Me* nunca había sonado tan bien.

Antes de volver a casa, se entretuvieron con café y aguardiente mirándose a los ojos y hablando de cosas banales.

–¿Qué has hecho hoy? –preguntó él mientras jugaba con los dedos de Natalie.

–Fui a Positano temprano y estuve de compras –respondió mientras pensaba que debería haber imaginado la preocupación que levemente había turbado sus ojos–. ¿Y tú? ¿Has hecho todo lo que tenías que hacer?

–Sí.

–Empleas mucho tiempo trabajando en la casa, un descanso de unas horas te debe de sentar bien.

–Sí –contestó y cambió de tema radicalmente–. ¿Cuándo vuelve tu abuela?

–No lo dijo, ¿por qué?

–Estoy pensando en cuánto tiempo tengo para aprovecharme de ti sin que me persiga con una escopeta.

La sonrisa de Natalie temblaba con inquietud en parte porque le hubiera gustado decir «puedes aprovecharte de mí el resto de tu vida si quieres»; y en parte porque el tacto de él, su mirada y su tono de voz eran tan insoportablemente eróticos que casi llega al orgasmo allí mismo.

–¿Nos vamos a un lugar donde podamos estar solos, princesa?

–Sí, por favor –murmuró– y démonos prisa.

Tomó la autopista en dirección sur y salió de ella por una carretera tranquila entre Castellammare y Sorrento que conducía a una pequeña meseta con árboles que daba al mar. Durante uno o dos segundos después de apagar el motor, se quedaron sentados y quietos como estatuas, sin tocarse y mirando el mar. Después, sin mediar palabra, se buscaron el uno al otro con el ansia de dos enamorados que se reunían después de una dolorosa y larga separación.

Le subió la falda del vestido por encima de las rodillas, le pasó la mano por los muslos y la metió en el interior de sus bragas. Mientras hurgaba, acariciaba e investigaba, la besó.

Natalie gimió, se derritió y agarró la cremallera de la bragueta de Demetrio. Lo liberó y recorrió el contorno de su suave y dura carne hasta que él gimió. Demetrio le quitó las bragas y las lanzó al salpicadero. Se acercó a Natalie, la levantó y la puso a horcajadas encima de su regazo para penetrarla con frenética desesperación. La vieja camioneta se mecía y crujía y Natalie puso una mano en la ventana mientras que con la otra se agarraba al hombro de Demetrio. Lo miró a los ojos y comenzó a jadear por la salvaje y desenfrenada pasión que crecía en su interior.

El orgasmo, que llegó de repente y con fuerza, hizo que se moviera hacia atrás, de tal forma que su espalda entrara en contacto con el salpicadero y que su cuerpo tocara el de Demetrio sólo por donde él estaba enterrado en ella. Natalie gritó suavemente por la placentera sensación que le causó. Demetrio también lo sintió y comenzó una explícita y apasionada descripción en italiano de las sensaciones que ella le estaba provocando y de todo lo que quería hacerle. Natalie reaccionó moviéndose hacia él. Fue un ligero empujón con la cadera, pero fue suficiente.

El cuerpo de Demetrio se puso tenso y un espasmo de placentera agonía surcó su cara. Apretó los dientes, su frente comenzó a sudar y, sin poder remediarlo, se dejó llevar.

Con los ojos entreabiertos Natalie vio cómo eyaculaba y sintió el calor de su esencia corriendo en su interior mientras recordaba, otra vez demasiado tarde, que no habían usado protección. Deseaba haberse quedado embarazada.

—Eso no ha estado nada mal —jadeó Demetrio.

—Ha sido auténtico y sincero.

—Ha sido caótico y ordinario.

—Ha sido magnífico —comentó Natalie— y quiero que lo volvamos a hacer.

Capítulo 10

NO LO HICIERON. En lugar de repetirlo, Demetrio condujo derecho a su casa, la llevó a la cama, donde hicieron el amor por segunda vez y se quedaron dormidos abrazados el uno al otro. Alrededor de las tres de la madrugada se despertaron y volvieron a hacer el amor. Después, se durmieron hasta la mañana siguiente. Se quedaron en la cama hasta que Demetrio se dio cuenta de que eran las nueve y de que llegaba tarde a una cita en el pueblo.

–Te llamaré después –dijo y se marchó antes de que Natalie pudiera preguntarle qué le corría tanta prisa para irse sin darle un beso de despedida.

Debería haber sabido que su abuela habría elegido volver a casa tarde la noche anterior y que estaría presidiendo la mesa del desayuno amargamente sola.

–¿Puedo preguntar dónde has estado toda la noche o debo asumir lo peor?

Demasiado eufórica como para poder fingir, Natalie contestó:

–Debes asumir lo peor siempre y cuando entiendas que para mí es lo mejor.

–¡Estuviste con él! Y yo que pensaba que habías recuperado el sentido común.

–De hecho, lo he hecho –comentó sonriente–, y deberías saber que voy a estar con él tan a menudo y por tanto tiempo como él quiera.

–Ya veo.

—No creo que lo veas.

Barbara dio un sorbo a su café e hizo una mueca de asco.

—Puedo ver que has tomado la determinación de bajar a los infiernos, pero no pretendo comprender qué es lo que tiene ese hombre que encuentras tan irresistible.

—Entonces, deja que te lo cuente. Es un hombre decente que no se asusta del trabajo duro, algo que esperaba que tú, más que nadie, respetarías.

—Respetar su ética del trabajo es una cosa y codearse con él, otra. En cuanto a lo que hicisteis la noche anterior... —se estremeció— no me lo puedo imaginar.

—Oh, estoy segura de que sí que puedes, abuela. Sólo recuerda cómo pasabas tú las noches con tu primer amor, ¿o es que siempre has antepuesto los negocios al amor?

—No sé cómo has podido rebajarte tanto.

—Es un hombre excelente y es hora de que la gente de por aquí lo sepa.

—Me temo que eso llevará algo más que acostarse contigo.

—¿Por qué? ¿Qué crimen ha cometido? No me ha violado ni coaccionado. Soy mayor de edad desde hace unos años y lo que haga a solas con él es asunto mío y suyo. En cuanto a lo demás, lo único que quiere es reformar la casa de su abuela. ¿Qué tiene de malo?

—Nada, estamos contentos de que haga algo por esa casa en ruinas, pero eso no cambia el hecho de que no encaja aquí y nunca lo hará, porque no es de nuestra clase.

—Bueno, es de *mi* clase, así que ve acostumbrándote. Sabe lo que quiere y no tiene miedo de trabajar para conseguirlo. Está al tanto de lo que todos pensáis sobre él, pero está concentrado en alcanzar sus propias metas sin importarle las vuestras. No lo preocupa impresionar a la gente.

–Parece que a ti te ha impresionado, cariño.

–Porque es un hombre de verdad –dijo sonrojándose– y, francamente, no he conocido a muchos últimamente.

–Hay que admitir que te ha impactado en pocas semanas más de lo que Lewis Madison te impactó en años. No recuerdo que nunca lo defendieras tan apasionadamente, aunque, claro, Lewis nunca hizo nada para que tuvieras que defenderlo.

–¡Oh, abuela! –exclamó Natalie disgustada–. ¿Por qué no dejas en paz a Demetrio?

–¿Por qué debería hacerlo?

–Porque se merece algo mejor a que lo traten como un marginado por aquí, sólo por no conducir un lujoso coche o por no pertenecer a los clubes apropiados. Bastaría una palabra tuya para cambiar esa actitud.

–Crees que tengo más influencia que la que realmente tengo.

–No, la gente te respeta y te sigue.

–¿Adónde quieres llegar, Natalie?

–Quiero que hagas una cena y que lo invites.

–A él y... ¿a otra gente?

–¡Pues claro! ¿Qué pensabas que quería decir, a él y a su perro?

–Él no aceptará.

–Lo hará, sobre todo si lo animo. Podría ser el inicio de una nueva etapa en su vida.

–¿Estás tan loca por ese hombre que no ves lo absurda que estás siendo? Si accediera a invitarlo a cenar, lo único que conseguirías es avergonzarlo terriblemente. Natalie, decirte que «no» a algo no es fácil, pero en este caso, creo que debo hacerlo.

–Estás siendo injusta. Demetrio merece una oportunidad para demostrar cómo es.

–Entonces deja que lo haga a la mesa de otra per-

sona, porque a la mía no va a hacerlo. Ni siquiera por ti
sometería a mis invitados a la compañía de ese hombre. Lo siento, Natalie, pero es lo único que puedo decirte sobre ese asunto.

Durante un mes fue lo único que Natalie y su abuela
se dijeron. Aunque mantenían una relación lo suficientemente civilizada, el ambiente en Villa Rosamunda se
había enfriado. No sucedía lo mismo en la casa de al
lado. A veces, Natalie pasaba varios días seguidos allí,
quitando malas hierbas y plantando romero, estragón,
orégano y albahaca, al mismo tiempo que se hacía un
hueco en la vida de Demetrio. Preparaba comidas sim-
ples a base de pan, aceitunas, queso e higos que después comían en el patio trasero. También adiestraba a
Pippo y lo cepilló hasta que su pelo brilló como el
raso.

Demetrio preparaba la cena a menudo y, entonces,
ella se quedaba a dormir. Hacían el amor y se bañaban
juntos en la bañera de hierro forjado, se tomaban el
café en la cama por las mañanas y hacían lo que hacen
los matrimonios. Ella albergaba la esperanza de que,
algún día, él le propusiera casarse y pasaran a ser una
pareja de verdad a ojos de la iglesia, la ley y la sociedad en general. Pero todo paraíso tiene su serpiente y
el suyo no era una excepción. Algunas veces, Demetrio le decía que se fuera a casa y que no volviera hasta
que él la llamara.

–Hay demasiadas cosas en marcha –decía. O–: Podías hacerte daño.

Había demasiadas cosas en marcha. De repente, parecía tener dinero suficiente como para contratar todo
tipo de ayuda. Eran espantosos y sórdidos individuos
que deshacían más de lo que hacían y que si Natalie

estaba por allí, la miraban de reojo y se reían entre ellos. Cuando hacía preguntas a Demetrio sobre ellos, éste la cortaba repentinamente y se quedaba en silencio. Una vez que él estaba afuera hablando con los obreros, el teléfono sonó y Natalie, para que no perdiera una llamada que podía ser importante, fue a responder. Sólo había levantado el auricular un poco cuando Demetrio entró corriendo en la cocina y se lo quitó de las manos.

–Te llamo en un momento –respondió y luego, dirigiéndose a ella, dijo–: No vuelvas a contestar mis llamadas.

–Sólo intentaba ayudar, Demetrio –respondió ella sorprendida.

–Deja de intentar cosas. No necesito tu ayuda –dijo y volvió a salir.

Mirando a través de la ventana, lo vio dar vueltas mientras que hablaba por el móvil. La forma en que la había tratado le había dolido y asustado a la vez. ¿Por qué no confiaba en ella? ¿Qué ocultaba? ¿Por qué estaba ella tolerando ese comportamiento? Molesta con su propia debilidad, recogió sus cosas y se fue de la casa, aunque cuando estaba a medio camino de la puerta del jardín, Demetrio la alcanzó y la abrazó.

–No te vayas –le susurró mientras le daba pequeños y frenéticos besos–. Lo siento, no tengo derecho a hablarte de ese modo.

Natalie lo besó y enterró sus dudas, aunque éstas no permanecerían enterradas, porque aunque él no volvió a hablarle de ese modo, a menudo estaba malhumorado, preocupado y esquivo. Entonces, un día, dijo que tenía que ir a Nápoles a la ferretería y cuando ella se ofreció a acompañarlo, le pidió que se quedara haciendo compañía a Pippo y le prometió que traería una de las famosas pizzas de masa gruesa de Nápoles.

—Cenaremos con vino junto a la piscina y luego nos daremos un chapuzón –prometió.

Aquella noche tuvo la magia que hacía que algunas de las veladas que pasaba con él fueran inolvidables, lo que, desgraciadamente, pasaba con menos frecuencia. Aunque Demetrio representó el papel de amante romántico, no le pidió que pasara la noche con él y Natalie tuvo que reconocer que tenía dudas. Algo no iba bien y él trataba de esconderlo.

A la mañana siguiente Natalie hizo por coincidir con su abuela en el desayuno.

—Qué bien tenerte otra vez al otro lado de la mesa –comentó Barbara y el afecto de sus palabras fue motivo suficiente para que Natalie comenzara a llorar–. ¡Oh, cariño! Yo también lo he pasado mal. Odio cuando nos peleamos –dijo la abuela malinterpretando el motivo del llanto.

—Yo también.

—Bueno, por lo menos las cosas progresan en la casa de al lado. Veo que el señor Bertoluzzi está levantando un nuevo muro en la parte delantera de su propiedad.

—Me alegra saber que tendrá una nueva cocina la semana que viene, la que tiene ahora es una calamidad –respondió Natalie controlando sus emociones.

—No pareces alegre, Natalie –observó su abuela con gentileza–. Tampoco me parece que estés feliz. ¿Las cosas van bien entre vosotros dos?

La pregunta no estaba hecha con malicia y Natalie quiso confiar en la mujer que sabía que siempre estaría de su lado.

—La mayor parte del tiempo sí, pero no siempre entiendo lo que hace.

Su abuela la contempló durante un instante e iba a

comenzar a hablar cuando pareció pensárselo mejor y cerró la boca.

—Si tienes algo que decir, abuela, es mejor que lo hagas.

—A lo mejor el problema no tiene que ver con la falta de entendimiento, sino con el hecho de que no lo conoces tan bien como crees.

—No hables con acertijos, di lo que tengas que decir.

—Muy bien. Marianna Sorrentino mencionó que lo había visto ayer.

—No me sorprende, fue a Nápoles.

—No lo vio en Nápoles, sino en Positano, en la terraza de una cafetería, a media mañana y en compañía de un indeseable con una repugnante reputación. Es un hombre que no conoces, pero te aseguro que no te gustaría conocerlo.

—¿Porque lo comparas a Demetrio?

—Por el amor de Dios, no. Esta persona es muchísimo peor, es despreciable. Creo que te lo mencioné cuando me preguntaste cómo los Bertoluzzi se habían mudado aquí.

El corazón de Natalie se aceleró, se temía lo peor.

—¿Cómo se llama ese hombre?

—Guido Cattanasca, seguramente no te diga nada.

Natalie se mareó y temió vomitar el poco desayuno que había ingerido.

—¿Natalie? —la voz de su abuela parecía lejana—. ¿Estás bien?

—No —susurró mientras se tambaleaba—, he debido de comer algo que me ha sentado mal.

Llegó a su cuarto de baño a tiempo y deseó poder atribuir el vómito a la conmoción, pero la verdad era que era el tercer día consecutivo que devolvía. Se dijo a sí misma que era a causa del estrés, pero temió que sus plegarias la noche que hizo el amor con Demetrio en la camioneta hubieran sido escuchadas. Sólo tenía una opción y ésta era enfrentarse a él, así que, aunque él le había dicho que ese día se quedara en casa, tan pronto como se le asentó el estómago fue para allá. El alto muro de estuco en la parte frontal de su propiedad estaba casi terminado y había dos hombres instalando una puertas de hierro. Pronto, Demetrio no necesitaría decirle que no la quería por allí, lo único que tendría que hacer sería cerrar las puertas.

Lo encontró en el salón hablando con el encargado de la cuadrilla de pintores que había contratado. Antes de quedarse sin valor, Natalie los interrumpió.

—Demetrio, tengo que hablar contigo. Ahora mismo.

—Vale, dame un minuto y me reúno contigo en la terraza.

Hacía frío allí a la sombra. Hacía frío y estaba todo tranquilo, pero no pudo quitarse la sensación de que sucedía algo malo aunque no lo podía ver. Las puertas de la terraza se abrieron y Demetrio salió, se acercó a ella, besó su nuca y le rodeó la cintura con los brazos.

—Pareces disgustada, cariño. ¿Qué pasa?

—¿Adónde fuiste realmente ayer y con quién estuviste?

—¿Qué quieres decir con «realmente»? Sabes a donde fui, a Nápoles, a la ferretería a por cosas para los armarios de la cocina. Tú viste cómo metía las cosas.

—Aparte de Nápoles, ¿dónde más estuviste?

—¿A qué viene este interrogatorio, Natalie?

—Eso no es una respuesta.

—No creo que tengas derecho a interrogarme como si fueras mi madre y yo un adolescente que llega tarde a casa.

—¿Qué soy exactamente para ti, Demetrio?

—¡Por Dios! Estoy hasta el cuello de problemas, ¿esto no puede esperar a otro momento?

–No. Quiero saberlo ahora, antes de que las cosas vayan más lejos.

–¿Las cosas? ¿Qué cosas?

–Nosotros, Demetrio –gritó–. Quiénes somos y qué significamos para el otro.

–Yo pensé que eso era obvio.

–Yo también lo pensaba hasta que me has dado razones para dudar de ti.

–¿Y cómo he hecho eso exactamente?

–Me has mentido. Y debo decir que más de una vez.

–Si fueras un hombre te tumbaría por decir eso –contestó rojo y con los ojos llenos de rabia.

–Y yo daría todo lo que tengo porque me dijeras que estoy equivocada.

–No tendría que decirte eso. Deberías conocerme lo suficiente como para confiar en mí. ¿Por qué te es tan difícil, Natalie? ¿Porque soy un Bertoluzzi?

–No –dijo con la voz rota–, porque te quiero y quiero creerte, pero tú lo haces imposible. Y porque te vieron en Positano tomando un café cuando deberías estar en Nápoles.

–¿Quiénes me vieron?

–No importa, me he enterado por otra persona y no por ti.

–¿Desde cuándo es tan malo pararse a tomar un café de camino a casa?

–Desde que lo haces con Cattanasca.

–¡Oh, princesa! –dijo pálido.

–¿Es verdad?

–Sí –respondió mirándola a los ojos–, es verdad.

–Me dijiste que no querías nada con él y os tomáis un café. ¿En qué más me has mentido?

Maldijo y la miró. Entonces, se acercó rápidamente a ella, levantó la mano y la dejó caer sobre su cabeza.

–Quédate quieta. Una araña.

Pero por primera vez, Natalie tuvo miedo de él y ya se había estremecido y agachado hacia un lado.

—¿Qué demonios...? —paró su brazo a mitad del recorrido—. ¿Pensabas que iba a golpearte?

—No —susurró con el corazón acelerado—. No lo he pensado, de verdad.

—Sí que lo has pensado. ¿Quién miente ahora, Natalie?

La mirada de Demetrio la deshizo. Vio el dolor en sus ojos y su impresionante belleza masculina, el pelo oscuro, los ojos que se le clavaban en el alma y la boca que tanto deseaba, y supo que lo amaba, pero que eso no bastaba.

Abrumada por un sentimiento de pérdida, suspiró y dijo:

—Lo siento si...

—Ahórratelo. He golpeado a hombres y lo volvería a hacer para defender a una criatura indefensa, pero nunca he pegado a una mujer y no voy a empezar ahora contigo. ¿Por qué no me crees? ¿Por qué piensas lo peor? ¿Por qué no confías en que haga lo que creo que es mejor?

—Confío en ti.

—¿Cuánto?

—Más o menos igual que lo que tú confías en mí y parece que no es suficiente, ¿verdad?

—Esto es una locura. ¿Te das cuenta? Siento que te hayas enterado de lo de Cattanasca, pero hay una explicación para que me vieran con él. Te lo hubiera dicho yo mismo si no fuera una pérdida de tiempo. Él se detuvo en mi mesa para repetirme su oferta y, de nuevo, le dije que no. Eso es todo. Pero si esto es tan importante como para que terminemos, dímelo y no te molestaré más; si no, quedemos más tarde.

—No quiero que terminemos.

–Ni yo, princesa. Ni yo –le dijo suavemente mientras sostenía su cara con ambas manos.

–Lo necesitamos aquí, Bertoluzzi –dijo un hombre de aspecto tosco que vestía un mono naranja, después de abrir las puertas de la terraza–. Nos está retrasando.

–Tengo que volver al trabajo. Pareces cansada, ve a casa y descansa. Terminaré pronto, te voy a recoger sobre las dos y nos vamos a Positano. Podemos tomar el ferry a Capri y pasar allí la tarde para cenar después en Ravello.

–Eso suena genial.

–Es una cita. Te veo a las dos.

Demetrio estaba confuso. Ella tenía derecho a dudar de él. Desde que se unió a Russo y sus colegas, le había mentido una y otra vez y hasta que todo el asqueroso asunto con Cattanasca no terminara, tendría que continuar haciéndolo.

Ese hombre le daba repelús desde el primer encuentro fortuito que tuvo con él en la cafetería:

–Pareces deprimido, joven amigo.

Representando su papel, Demetrio había asumido un aire de absoluta aflicción.

–Usted también lo parecería si tuviera sus últimos cien euros y ningún banco quisiera prestarle dinero.

–Así que el dinero es el problema –Cattanasca suspiró y le puso una mano sobre el hombro–. Siempre es igual, ¿verdad? Pero yo puedo ayudarte igual que he ayudado a otros en tu misma situación. ¿De cuánto dinero estamos hablando?

–De miles de dólares, *signor*, porque usted tenía razón, reformar mi casa me está costando más de lo que jamás había pensado.

–Miles de dólares no son un problema, chico, y estoy seguro de que podemos llegar a un acuerdo. ¿Qué te parece?

Las condiciones que expuso, con un interés que se doblaba a los treinta días y se triplicaba a los sesenta, eran una extorsión pura y dura.

—Y luego, por supuesto, está el pequeño tema de la seguridad —concluyó—. Entenderás que tienes que poner algún tipo de garantía.

—¿Qué le parece mi camioneta?

—¿Qué te parece tu casa?

—No puedo arriesgar la casa.

—Ya lo has hecho, Demetrio —lo informó Cattanasca—. ¿Qué crees que sucederá cuando vengan tus acreedores?

—Tiene razón.

—No dejes que eso te aflija —aconsejó Cattanasca mientras hacía una seña al camarero y le pedía dos cafés—. No es el fin del mundo. Haré algo más que dejarte dinero, te pondré en contacto con gente que te hará un buen precio en materiales y mano de obra. Todo funcionará, ya verás.

Más resuelto que nunca a ganarle, Demetrio firmó un acuerdo escrito que, por casualidad, Cattanasca llevaba encima.

—Si no lo conociera, pensaría que había venido preparado —dijo mientras le devolvía el papel.

—Yo siempre estoy preparado cuando un hombre necesita ayuda. Me pondré en contacto contigo cada pocos días para ver cómo te va. Me gusta seguir la pista a mis inversiones.

Había llamado varias veces para quedar con Demetrio, lo que a éste le hubiera encantado evitar, pero su trabajo era recopilar cualquier información que pudiera obtener y pasarla a los colegas de Russo. Todavía no sabía si lo que les había dado era útil, pero tampoco le importaba. Lo único que quería era terminar con el asunto.

Siempre se reservaba dos días por semana para deshacerse de los obreros contratados por medio de Cattanasca y rehacer lo que éstos habían hecho con materiales de primera calidad que tenía escondidos en el garaje. Esos mismos días inventaba alguna excusa para no ver a Natalie, ya que no podría explicarle una conducta tan irracional. Pero todo tuvo un efecto negativo. Demetrio sentía que estaba sobre la cuerda floja. Las citas ilegales, la gentuza que tenía en casa y la operación en la que estaba tomando parte le recordaba demasiado a la época de su abuelo y cada vez le era más difícil disimular el asco que sentía. Lo positivo era que le quedaban sólo un par de días más para finalizar su papel y Cattanasca dejaría de ser una amenaza.

Las puertas de la terraza se abrieron de nuevo.

—¡Bertoluzzi! ¿Va a decirnos qué quiere que hagamos o recogemos y nos vamos? —preguntó el mismo matón.

—Id a casa. De hecho, llevaros vuestras cosas y no volváis más.

Capítulo 11

LA TARDE en Capri fue un momento decisivo en su relación e hizo que Natalie se alegrara de haberse atrevido a enfrentarse a Demetrio.

—Estoy haciendo algunos cambios —le comentó él—. Me estoy dando cuenta de que la reforma me está costando mucho trabajo, por lo que he contratado a profesionales que me ayuden a terminar. Es una empresa de fuera con una buena reputación y, antes de que preguntes, tengo unos ahorros que puedo usar.

Unos días después, dos furgonetas y un camión con *Emerenzia Costruzione* pintado con letras doradas en las puertas llegaron a su casa. El grupo de hombres finalizó el trabajo con profesionalidad. Casi inmediatamente, Demetrio dejó de estar irritable y volvió a ser el hombre del que Natalie se había enamorado. Probablemente, ayudó también el que ella estuviera más relajada desde que supo que no estaba embarazada. Quería tener hijos algún día y que Demetrio fuera el padre, pero tener un niño en aquel momento no hubiera sido justo para nadie, ya que aunque las cosas entre Demetrio y ella marchaban mejor, no eran perfectas.

Para empezar, él le pidió que se quedara en casa mientras los nuevos obreros trabajaban y, aunque ella entendía que estar por medio retrasaría el trabajo y terminaría siendo más costoso, le hubiera gustado poder visitar a Pippo de vez en cuando; pero él se negó en redondo.

–Normas de la compañía: no se admiten mujeres donde se trabaja con casco y, a estas alturas, en toda la casa se necesita casco.

Por otro lado, la animaba a pasar con él todas las tardes que tuviera libres y a quedarse todas las noches que quisiera siempre y cuando se marchara antes de que comenzaran a trabajar. En esos momentos, Demetrio era dulce, apasionado y considerado. Le decía que era bonita, que la deseaba y que la echaba de menos cuando no estaban juntos. Pero nunca le decía que la quería, nunca hacía referencia al futuro inmediato y nunca le hacía promesas. En lugar de todo eso, le regalaba noches de pasión inolvidables.

«Remuévelos todo lo que quieras, pero el aceite y el agua no se mezclan, princesa», le había advertido más de una vez, y estas palabras la perseguían de madrugada cuando estaba tumbada a su lado y veía cómo él dormía.

A la vista estaba que Barbara sabía que a Natalie no le iba bien y que estaba preocupada por ella, así que decidió actuar.

–Esto estaba en mi buzón esta mañana –dijo Demetrio una tarde mostrándole un sobre de vitela.

Natalie reconoció la insignia en la parte superior izquierda del sobre y la letra de quién lo había escrito y comenzó a temblar.

–¿Qué es?

–Una invitación para cenar en casa de tu abuela el sábado. ¿De qué crees que se trata todo esto?

–Bueno, está claro, quiere que vengas a cenar.

–¿Tú sabías que iba a invitarme?

–De alguna manera. Estuvimos hablando del tema hace unas semanas, pero, como sabes, después discutimos y no volvimos a hablar del asunto. Yo creía que lo había olvidado.

—Me pregunto por qué lo habrá retomado.

—Supongo que porque piensa que es hora de que conozcas a los vecinos.

—Es un poco tarde para eso, ¿no? He tenido vecinos desde que volví aquí y es la primera vez que uno de ellos quiere hacerme una fiesta de bienvenida.

—Bueno, ella es algo más que una vecina. Es mi abuela y sabe que somos... –¿una pareja? ¿Amantes?– que nos estamos viendo. A lo mejor sólo quiere darnos su aprobación pública.

—Cariño, admiro que pienses bien de la gente, pero me apuesto lo que sea a que tu abuela desearía que desapareciera y, en cierta manera, no puedo culparla. Si mi hija estuviera con un hombre como yo, sacaría la escopeta –dijo riéndose.

Aquello había respondido a su pregunta, no eran una pareja, simplemente «estaban».

—Si no quieres ir puedes excusarte.

—¿Y parecer un cobarde que no se quiere enfrentar a ella? ¡Ni hablar! Iré, como creo que irás tú.

—Claro.

El sábado por la noche, Natalie era un manojo de nervios con los cinco sentidos alerta. No hacía mucho tiempo se había alegrado de que su abuela cambiara de opinión e invitara a Demetrio, pero después se había convencido de que los motivos que la movían a invitarlo no eran puros.

—No sé por qué mantienes esta actitud –dijo cuando Natalie abordó el asunto–, fuiste tú la que me lo pidió.

—Y tú la que se negó.

—¿Desde cuándo no puedo cambiar de idea? Veo que estás dedicada a este hombre y creí que te gustaría la idea.

—No cuando lo has hecho a mis espaldas. Deberías haberlo hablado conmigo antes de mandar la invitación.

—Quería darte una sorpresa, cariño. Siento haberlo hecho mal, aunque ya no hay nada que podamos hacer. Todos han aceptado, incluso el señor Bertoluzzi, así que me temo que tendrás que disfrutar de la fiesta.

¿Disfrutar? Colocada cerca de las puertas de la terraza para poder ver toda la habitación, a Natalie le dolía la cara del esfuerzo de sonreír para aparentar estar feliz y relajada mientras trataba de responder apropiadamente a la conversación mantenida en torno a ella sin quitar ojo al vestíbulo que había tras el salón. Todo el mundo había llegado ya y no había rastro de Demetrio. Por una parte, deseaba que él cambiara de opinión y decidiera quedarse en casa, pero antes, había enviado un precioso ramo de flores a su abuela. No era el gesto de un hombre que planeara no aparecer en el evento.

Natalie había tardado mucho en arreglarse, incapaz de decidir entre un exquisito vestido para cóctel o un simple conjunto por si Demetrio no se daba cuenta de que era una fiesta de etiqueta o no tenía traje. Finalmente, decidió ponerse lo más guapa posible para él, pero mucho más tiempo de espera la haría cambiarse de ropa y ponerse unos pantalones cortos y un top, quitarse el maquillaje e ir a Villa Delfina y decirle a Demetrio que la fiesta se había cancelado.

Demetrio apareció, finalmente. Si hubiera justicia, su llegada hubiera pasado inadvertida y él se hubiera mezclado con los demás invitados, pero cuando Romero le abrió la puerta, el ambiente se electrificó dejando a todo el mundo paralizado. Era como si hubiera un extraterrestre entre ellos. No era sólo porque fuera el único que no vestía de rigurosa etiqueta, sino por lo que se había puesto: un traje negro a rayas con una corbata a juego, una camisa gris oscuro y unos zapatos negros de cuero. Su monocromática elección de ropa, junto a su masculinidad, daban una nota siniestra a la reunión.

Natalie lo sabía antes de que una mujer que estaba cerca de ella murmurara a su marido:

—¡Dios mío! ¡La mafia ha venido a la fiesta! ¿En qué estaría pensando Barbara para invitarlo?

Natalie estaba asqueada. Quería sacarlo de aquella situación, desafiar a todos los presentes a que dijeran alguna otra cosa poco amable y reñir a Demetrio por mostrar tan poco sentido común. Pero lo que más deseaba era lanzar improperios contra su abuela por planear una situación para humillarlo a él y avergonzarla a ella.

Sin desconcertarse, sorprendentemente, por ser el objeto de tan prolongado y brutal escrutinio, Demetrio inspeccionó la habitación e inclinó la cabeza a la abuela de Natalie, que era la única persona que, como él, aparentaba controlar la situación.

—Señor Bertoluzzi, por fin ha llegado. Empezaba a pensar que no iba a aparecer —dijo con desdén mientras se aproximaba a él.

Le sorprendió la respuesta de Demetrio, quien besando su mano y ronroneando con ese acento tan sensual le dijo:

—Por nada del mundo renunciaría a la compañía de una anfitriona tan encantadora, *signora*. Es un placer estar aquí —entonces, le guiñó un ojo.

Podía haber sido claro y haberle respondido: «Los dos estamos mintiendo, pero si es así como quiere que lo llevemos, por mí no hay problema».

—¡Qué maleducada soy! Vamos a buscar una copa de champán y a presentarle a todo el mundo —dijo y era la vez que Natalie la había visto más nerviosa.

—El champán parece una buena idea —contestó—,

pero dudo que las presentaciones sean necesarias. Estoy seguro de que sus invitados saben quién soy.

Natalie temió que su abuela se atragantara con la contestación, pero recuperándose protestó:

—Pero no está familiarizado con ellos, señor Bertoluzzi.

—Sí, pero estoy familiarizado con su nieta —comentó con una sonrisa.

—Sí que lo está —lo sometió a una de sus afiladas miradas—. Entiendo que usted y ella se han acercado bastante.

—Bastante. Nos hemos acercado lo máximo que un hombre y una mujer pueden hacerlo.

Un débil grito sofocado se oyó en la habitación.

—Bueno. Entonces —su voz era casi un susurro. Decidió abandonar la línea de fuego antes de que su dignidad quedara por los suelos—, lo dejo en sus manos. Con suerte ella lo persuadirá para que amplíe su círculo de amistades, cosa que yo no he podido hacer.

Finalmente liberada por el hechizo que él había ejercido sobre la habitación, Natalie se les unió.

—Hola —murmuró consciente de ser el foco de atención y sin saber si sonreír o echarse a llorar en los brazos de Demetrio.

Él resolvió su dilema apretando su mano, dándole dos besos y echándose hacia atrás para decirle:

—Nunca te he visto tan guapa, princesa.

¿Quién era ese hombre que siempre decía las cosas apropiadas?, se preguntó Natalie cuando su *savoir faire* la había dejado muda. Ella no era la única que se lo preguntaba. Había vencido una batalla dialéctica con la formidable Barbara Wade y los que minutos antes le daban la espalda ahora lo miraban con rencoroso respeto. De etiqueta o sin ella, sus miradas decían que merecía que le echaran otro vistazo.

Había domado su incontrolable pelo con gomina y se había afeitado. Se había cortado las uñas y las llevaba escrupulosamente limpias. Mientras que su atuendo no podía considerarse conservador, no se podía negar la excelente confección de su traje o la magnífica calidad de la seda de su camisa y su corbata. Natalie no dudaba de que, mientras hacían la ronda de presentaciones, pudiera deslumbrar y manejarse con aplomo.

Demetrio no defraudó. Saludó a todo el mundo con la cortesía y sofisticación que a ella le molestaba y admiraba al mismo tiempo. ¿A quién estaba engañando, a ella o a todos los demás?

Natalie sospechaba que no era la única en preguntarse aquello.

Aunque los hombres le daban la mano y las mujeres le respondían sonriendo, y cuando iban a sentarse a la mesa, Natalie sintió que todavía esperaban que cometiera un terrible fallo y ver cómo se le bajaban los humos, pero no ocurrió. Era encantador con las mujeres que tenía sentadas a ambos lados, sabía qué tenedor utilizar, qué copa levantar y mostraba amplios conocimientos en política internacional, economía y deportes. Finalmente, una mujer que estaba sentada algo más lejos, no pudo evitarlo y preguntó:

—¿Cómo está usted tan bien informado de asuntos tan diversos, señor Bertoluzzi?

En cualquier otro momento, Natalie hubiera encontrado la pregunta torpe y ofensiva, pero entonces, ansiaba escuchar la respuesta.

—He estado varios años viajando por el mundo, *signora*.

—¿De verdad? ¿Por dónde?

—Unos meses en Asia, Australia y Oriente Medio,

pero la mayor parte del tiempo lo pasé en Estados Unidos.

–¿Y dónde exactamente de Estados Unidos?

–Principalmente en Nueva Yersey.

La información que casualmente había dejado caer provocó un interés poco amable. La gente sonreía tapándose la boca e intercambiaba miradas de satisfacción, al asumir, inmediatamente, que había estado involucrado con el lado sórdido de la vida que se asociaba a determinadas zonas de Garden State; hasta que añadió perezosamente:

–En Princeton.

–¿No se estará refiriendo a la prestigiosa universidad? –preguntó alguien más.

–En efecto.

¿Qué demonios hacía allí?

–Jugar al póquer y al baloncesto... cuando no tenía que ir a clase.

–¿Ir a clase? –esa vez fue Barbara quien preguntó–. ¿Estudió en Princeton, señor Bertoluzzi?

–Sí, signora Wade. ¿Cómo si no puedo afirmar que estoy licenciado en Económicas?

–Claro, cómo si no –repuesta, Barbara lo miró examinándolo; después, levantó su copa en un compungido brindis–. Señor Bertoluzzi, parece que lo he subestimado.

–No se sienta mal por ello, *signora* –dijo sonriendo–. La mayoría de la gente lo hace cuando me acaba de conocer.

Natalie no estaba tan impresionada, pero todas las dudas que pensaba que había enterrado, todas las pequeñas contradicciones que había tratado de justificar, volvieron a resurgir. Mientras la gente charlaba a su alrededor, la única voz que ella podía oír era la de su cabeza.

«¿Quién es este hombre? ¿Qué te ha hecho pensar que lo conoces? ¿Cuántas sorpresas más esconde? ¿Cuándo va a revelarlas?».

El domingo durmió hasta pasadas las nueve. Estaba estirado en el nuevo y cómodo colchón de su nueva cama con las manos detrás de la cabeza. Podía ver el Mar Tirreno y la distante Sicilia, a través de la ventana situada al otro lado del dormitorio. Una extraña euforia se apoderó de él cuando asumió que había sido su primera noche en el dormitorio principal. Era una dulce sensación. Anteriormente, había superado las dificultades que se le habían presentado, pero nunca como lo había hecho la noche anterior.

Ésta había comenzado con una inesperada visita de Russo para contarle que la operación policial había sido completada con éxito. El joven detective estaba deseando contarle cómo había sucedido, pero Demetrio no lo quería saber. Era suficiente con su pequeña participación. Y la noche había terminado con la cena en casa de Barbara Wade. No es que pensara que una sola noche era suficiente para que lo aceptaran en ese círculo de rancios aristócratas. Lo importante era que había salido vencedor de una escaramuza concebida para aplastarlo y librar al vecindario de un parásito que habían tenido que tolerar desde hacía tiempo. Pero la noche había terminado con éstos rascando sus cabezas y preguntándose cómo podía haberles ganado a su propio juego.

Les podía haber dicho cómo, pero sólo estaba preparado para dar explicaciones a Natalie, quien lo había aceptado tal y como aparentaba ser y jamás le había pedido que cambiara. Ella lo había amado por lo que era y debido a su aceptación incondicional, había podido deshacerse de la amargura que lo invadía desde hacía años y darse cuenta de lo pesada que era la carga que había tenido que soportar. Cerró los ojos y sonrió, libre, finalmente, para admitir los deseos que ella había despertado en él. Quería casarse y tener una familia. Hijos que nunca conocieran el dolor del rechazo o la vergüenza. Hijos que crecieran orgullosos de apellidarse Bertoluzzi.

Si ella aceptaba su proposición, el interminable y duro trabajo y la amorosa tarea de reformar la casa habrían servido para algo más que para levantar un monumento a la memoria de su abuela. Sería el regalo para la mujer a la que amaría hasta el fin de sus días y el legado para los hijos que ella le diera.

El teléfono de su mesilla de noche sonó. Todavía sonriendo y con los ojos cerrados, se lo llevó a la oreja.

—Hola...

—Soy Natalie. Tenemos que hablar.

Capítulo 12

DEMETRIO estaba fuera, al lado de su camioneta y hablando con dos de los hombres que había contratado para sustituir a los antiguos obreros cuando Natalie llegó.

–No tardaré –dijo haciéndole señas para que entrara en la casa.

No le importó esperar, le dio la oportunidad para echar un vistazo. Los cambios que se habían producido desde que los nuevos obreros habían llegado la dejaron atónita: mármol pulido, suelos relucientes y cornisas enlucidas. Todo volvía a tener su antiguo esplendor. Olía a cera y aceite de limón. Los muebles estaban colocados. La mayoría de ellos eran nuevos, aunque había algunas antigüedades que pertenecieron a su abuela.

Un jarrón de cristal de Murano de color morado y transparente estaba expuesto en una estantería hecha en la pared. Otra pieza de Murano, un delfín saltando, brillaba a la luz del sol en un pedestal negro de mármol situado frente a la cascada de ocho metros de altura que simulaba una pared. A excepción de un piano de ébano tallado y unas vasijas de cerámica verde, el salón principal era de un elegante color blanco, con lámparas de alabastro y algunas mesas de cristal. Desde él se veía la terraza, que en aquella época del año parecía una extensión del jardín. Podía imaginárselo en diciembre, con troncos de madera ardiendo en la chimenea de mármol blanco y flores de pascua adornando las mesas.

¿Quién era el dueño de aquella casa reformada con tanto gusto? ¿De dónde había sacado el dinero para hacerlo? Quizá la pregunta era ¿quién era él? ¿Un amante o un mentiroso?

–¿Hablar? –le había susurrado provocativamente cuando había telefoneado–. Se me ocurren mejores cosas que hacer. ¿Cómo estás, cariño?

–Confundida –contestó al recordar los comentarios que le había hecho su abuela mientras tomaban un aperitivo antes del almuerzo:

–Ese joven nos ha sorprendido a todos. Bueno, a ti no, claro. Por supuesto que tú ya sabías que era algo más de lo que aparentaba.

Por supuesto... que no. Apenas había dormido intentando comprender por qué había ocultado tantas cosas sobre él, pero no había llegado a ninguna conclusión que le satisficiera. Al contrario, su comportamiento la había hecho dudar de él.

La puerta de la camioneta se cerró, el motor se puso en marcha y se oyó el ruido de sus ruedas chirriando sobre el asfalto de la entrada a la casa. Parecía alejarse. Un segundo después, Demetrio entró en la casa y cerró la puerta tras él.

–¿Dónde estás, princesa?

–En el salón.

Se acercó hasta donde ella estaba, junto a la chimenea, la abrazó y la besó. Había habido un tiempo en el que ella hubiera vendido su alma por un beso como aquél, pero ese día su mente la mantenía controlada mientras resumía las causas de su desorden mental, tan claramente, que se apartó de él y se tapó la boca con la mano. La expresión de los bonitos y azules ojos de él se veló, la soltó y le hizo una seña hacia el sofá.

—¿Nos sentamos?

—Prefiero estar de pie.

—¿Quieres beber algo? ¿Un café?

—Nada, gracias —respondió siendo consciente de que acercarse a él era peligroso, por lo que se alejó fuera de su alcance. Su sonrisa, un roce casual de su mano o el mero olor de su loción de después del afeitado, eran letalmente seductores.

—Te aseguro que no muerdo, Natalie. Puedes bajar la guardia —dijo molesto.

—Eso está por ver. Obviamente no eres el hombre que yo pensaba, por lo que para mí eres un extraño. ¿Quién eres realmente? ¿De qué va todo esto?

Se metió las manos en los bolsillos. No había rastro de sus vaqueros o su camiseta. Llevaba unos pantalones negros y una camisa negra a rayas blancas con las mangas remangadas hasta el codo, lo que dejaba a la vista un reloj de oro muy caro.

—¿Quién crees que soy, Natalie?

—Después de tu actuación de ayer, no tengo ni idea.

—Entonces deja que te lo diga. Soy exactamente el hombre que siempre he sido y que has conocido. El mismo libro con una portada diferente, eso es todo.

—¿Cómo puedes pretender que me trague eso? Me engañaste para que creyera que eras... —se calló para buscar un término apropiado pero amable.

—El ignorante de al lado, casi incapaz de reunir el suficiente dinero para reformar su casa y que no tiene un negocio. *Dio*, princesa, ¿por qué has esperado hasta ahora para mostrarme que eres igual que las demás personas de por aquí?

—No te atrevas a darle la vuelta a esto y decir que es culpa mía. Y no pongas palabras en mi boca. Siempre he sido franca contigo y no se puede decir lo mismo de ti.

—¡Qué lenguaje! ¿Qué diría tu abuela si te oyera?

Tienes que querer a una mujer de su talla que tiene la valentía de admitir, frente a sus amigos, que estaba equivocada.

—A pesar de sus errores, a mi abuela nunca le ha dado miedo la verdad. Igual que a mí.

—¿Estás sugiriendo que a mí sí?

—Estoy diciendo que hay algo oscuro, amargo y retorcido en un hombre que esconde sus puntos fuertes y sus proezas y deja que la gente crea que no tiene nada.

—Así que te molesta que me haya hecho el interesante con los amigos de tu abuela, ¿no?

—¡No! Me molesta que me hayas engañado. Después de todo lo que hemos compartido, creo que merecía algo mejor. Anoche me puse mala preocupándome por cómo ibas a manejarte entre aquella gente.

—Es bueno saber la poca confianza que tienes en mí.

—Bueno, ¿que esperabas al aparecer con ese traje, esa camisa y esa corbata? ¿No sabías la impresión que ibas a causar? ¡Incluso yo estaba conmocionada! Parecías...

No dijo «un Bertoluzzi», pero no hizo falta.

—Pensé que eras lo suficientemente inteligente como para no dejarte engañar por las apariencias –dijo suavemente–. Eso demuestra lo equivocado que un hombre puede llegar a estar cuando hay sexo de por medio.

—Esto es sobre algo más que sexo, Demetrio. De nuevo te digo que yo confié en ti y tú me mentiste.

—Preservar mi vida privada en privado no creo que sea mentir.

—Tampoco ayuda a ser abierto y legal. ¿Por qué no me contaste todo? No hay nada de lo que avergonzarse.

—Estuve a punto de hacerlo más de una vez, pero te estabas divirtiendo tanto con el desgraciado del vecino que no quería aguarte la fiesta.

—¿Por eso esperaste hasta anoche para mostrarte tal

como eres? ¿Para castigarme y verme retorcerme por un pecado que no he cometido?

—No te preocupes, princesa. Si anoche te asusté, nadie se dio cuenta. Supiste llevarlo muy bien.

—Me has tomado el pelo igual que a todos los demás y ellos lo sabían.

—Creo que tu abuela no lo ha visto de esa manera. Me parece que ella disfrutó del espectáculo.

—Porque le gusta jugar, igual que a ti, pero yo no quiero ser así y tampoco quiero casarme con alguien así.

—¿Alguien te ha propuesto matrimonio y me lo he perdido? —preguntó mientras miraba a su alrededor y aparentaba estar perplejo.

—Obviamente no, pero me hace pensar en para qué me has molestado estos meses. ¿Qué es lo que era para ti, Demetrio? ¿Un trofeo sexual? ¿Alguien de quien podías presumir con tus amigos? «Me he acostado con una americana heredera y ni siquiera sabía que era millonario».

—Pues sí que tienes una opinión mala de mí, ¿verdad, Natalie?

—Si la tuviera nunca me habría enamorado de ti.

—Es que no te has enamorado de mí, te enamoraste de la idea de un malote. Yo era diferente a los hombres con los que tus amigas y tú os soléis relacionar. Tenía las manos sucias y me atrevía a ponértelas encima, conducía una camioneta vieja, tenía un chucho y me acostaba contigo en una vieja cama que chirriaba —abrió mucho los ojos para simular estar horrorizado y pronunció estas palabras imitándola—: ¡Oh, Matilda! No vas a creer lo que me ha ocurrido. Me he acostado con la plebe.

—¡Cállate! ¡Eres idiota!

—¿Lo soy? —preguntó mientras se acercaba a ella—. Vamos Natalie, reconócelo, el hecho de ser una chica traviesa y hacer travesuras con un hombre malo te excitaba.

–Te equivocas. El que no tuviera experiencia con el sexo no significa que sea idiota –hablaba enérgicamente pero sin mirarlo a los ojos porque tenía miedo de que hubiera algo de verdad en su acusación. ¿No había pensado al verlo por primera vez que nunca había conocido una combinación igual de peligro y magnetismo sexual?

Demetrio soltó una carcajada de descrédito y continuó acercándose a ella con un aire de amenaza que hizo que ella se encogiera.

–¡Mírame, Natalie! –le ordenó mientras la acorralaba contra el piano–. Deja de dar la espalda a las verdades que no te gustan. Júzgame por lo que soy y no por lo que llevo puesto o lo que poseo.

–¿Cómo esperas que haga eso si no sé qué clase de hombre eres realmente porque nunca te has molestado en decírmelo? –gritó.

–Porque nunca pensé que tenía que hacerlo. Creía que era suficiente con mostrártelo, pero veo que estaba equivocado.

–Creo que sí –comentó con la voz rota–. Todos tenemos un pasado y éste es lo que nos modela, pero tú has escondido el tuyo de mí y me has mostrado sólo lo que querías que viera y, para mí, eso es un engaño.

–¿Quieres que te haga una radiografía de todo? Vale, ahí va –se dejó caer en el sofá, puso en orden sus pensamientos y comenzó–: Hace diecisiete años, dejé esta casa y me marché para ponerme a prueba. Era un chico ambicioso y me dirigí a Nápoles, una ciudad que conocía bien. Estaba seguro de que podía hacer algo bueno con mi vida, pero cuando el esfuerzo honesto no me produjo la recompensa que pensaba que merecía, encontré otra forma de satisfacer mis ansias por el éxito.

—¿Qué otra forma? —preguntó nerviosa mientras se sentaba en el lado contrario del sofá.

—Una vida de criminal, princesa. La sangre de mi abuelo corría por mis venas y él me enseñó bien. Cuando cumplí los diecinueve casi todas mis amistades estaban al otro lado de la ley.

—¿Terminaste en la cárcel?

—No, volví a casa desilusionado y sin un céntimo.

—¿Y qué pasó?

—Fue un gran error. Mi abuelo estaba hasta el cuello de negocios sucios y se había enfrentado a una banda rival. Vivir con la amenaza de la represalia atemorizó a mi abuela de por vida. Además, el vecindario nunca vio bien mi vuelta. Poco después de aquello, a mi abuelo se le acabó la suerte y fue traicionado por alguien de su organización. Ovidio Bertoluzzi fue arrestado y condenado a veinte años de prisión.

—Oh, Demetrio. Debió de ser horrible para ti.

—Para mí no. Yo me alegré de que se fuera, pero la vergüenza le rompió el alma a mi abuela. Ese mismo año, una mañana fría de noviembre, murió en el cuarto que está encima de esta habitación.

Natalie sintió pena por él y su abuela.

—La noche antes, me había sentado junto a su cama, había tomado su mano y le había suplicado a Dios que no se llevara a la única persona que había amado en mi vida y que me había amado. Dios no me escuchó, pero le dio fuerzas para abrir los ojos y decirme: «Demetrio, veo en ti al hombre que quise que tu abuelo fuera. Veo determinación, inteligencia y belleza de espíritu, pero temo que hayas heredado las mismas debilidades que lo echaron a perder. Por favor, Demetrio, prométeme que siempre serás bueno y que no renunciarás a tus sueños o a ti mismo».

Natalie se secó una lágrima con el dedo.

–Su voz no era más que un susurro y tuve que agacharme para poder oírla. Desposeído de la única persona que me importaba, vi en lo que me había convertido y prometí honrar su memoria y llegar a ser alguien o, por lo menos, morir en el intento.

–¡Y lo hiciste! –ya no tenía sentido esconder las lágrimas que caían como torrentes por su cara–. No tienes que explicarme nada más, Demetrio, ahora entiendo lo que anoche...

–En aquella semana –él la cortó– recogí las cosas a las que ella tenía más aprecio, las escondí y dejé el resto para el abuelo al que esperaba no volver a ver. Después la visité por última vez. «Estarás orgullosa de mí, Nonna», le dije mientras dejaba laurel y romero en su tumba. «Te prometo que no volveré a decepcionarte» –entonces miró a Natalie–. Y no lo he hecho ni lo haré.

–Te creo. Siento no haberte dado...

–Me marché a Milán y encontré trabajo en la construcción. Aprendí los trucos del oficio y por las noches trabajaba de camarero. En un año había ahorrado lo suficiente como para estudiar a tiempo parcial en la universidad. Unos meses después, un bufete de abogados me localizó y me informó de que mi abuelo había muerto en prisión y de que como único miembro de la familia con vida, había heredado todo. De la noche a la mañana, pasé de vivir casi en la pobreza a poseer esta casa y una cifra de dinero de cuyo origen no estaba seguro.

–¿Es así como pudiste reformar la casa?

–A lo mejor no me oíste la primera vez, así que te lo repetiré. Cumplí la promesa que le hice a mi abuela.

–¿No aceptaste el dinero?

–Mantener mi palabra no significa hacerle ascos a un regalo, aunque no me gustara su procedencia. Con ese dinero pagué los tres años de estudios en Políticas y la especialización en Económicas y Finanzas Internacionales en la Universidad de Milán, además del Máster en Princeton que os dejó a todos atónitos anoche. Fue un placer utilizar ese dinero obtenido ilegalmente para hacer algo de provecho porque sabía que mi abuelo se revolvía en su tumba.

—¿Y los viajes?

—También los pagó él. No se necesita ser rico para adquirir algo de cultura. Me costó más que a muchos, pero aprendo rápido cuando me pongo a ello. Te darías cuenta de que anoche pude conversar en la cena sin dificultad.

—Ese comentario está fuera de lugar, Demetrio, y tú lo sabes —protestó Natalie.

—Es un poco tarde en el juego para que demuestres tu fe ciega en mí.

—Primero, nunca he visto esto como un juego y, segundo, yo nunca he dudado de que, en el fondo, seas un hombre tan decente como tantos que he conocido.

—Estás intentando no herir mis sentimientos. Hace apenas diez minutos me acusabas de no ser el hombre que creías ¿y si fuera verdad? ¿Y si el derramamiento de sangre y el crimen estuvieran tan arraigados en mí que no me pudiera deshacer de ellos?

—No, lo sabría.

—No tienes ni idea de la degradación a la que un hombre puede llegar.

—¡Cállate! Esta vez me toca hablar a mí. Puedes minusvalorarme lo que quieras, pero tengo algo de experiencia en juzgar a la gente y no me he mantenido virgen todo este tiempo para caer en manos de un matón. Y sabes que has sido el único con el que me he acostado.

—Me imagino el porqué.

—Ya sabes por qué, porque estoy enamorada de ti. ¿por qué, si no, hubiera degollado a quien te hubiera dicho algo inapropiado anoche? Quería protegerte.

—Bueno, Natalie, no necesito que me defiendas. No estoy acostumbrado a esconderme entre las faldas de una mujer. No busco otra madre.

—Ha sido un error mío. Uno de tantos, parece —se le quebró la voz. Furiosa por no poder contener la debilidad, le dijo—: ¿Sabes una cosa, Demetrio? ¡No te aguanto más! Me da igual que te quemes en el infierno. Probablemente, allí te sientas como en casa.

—Te sugiero que te vayas a casa de tu abuela y me dejes continuar con mi imperfecta vida lo mejor que sé. Mejor aún, vuelve a Estados Unidos y olvida que me has conocido.

Se mordió tan fuerte la parte interna de su mejilla que pudo saborear la sangre. Le dolía la garganta y tenía el corazón hecho trizas.

—Después de esto no hay nada más que decir. Parece que hemos terminado —dijo al haber recuperado el orgullo y mientras se levantaba del sofá.

Se marchó antes de que las lágrimas le impidieran ver.

El resto del día, Demetrio se comportó como el idiota que posiblemente era y se emborrachó. A la mañana siguiente, se despertó en el suelo de su dormitorio sin acordarse de cómo había llegado al piso de arriba. Una larga ducha, una aspirina y una cafetera lo ayudaron a librarse del dolor de cabeza, pero nada pudo quitarle el dolor de su corazón. Sin Natalie en su vida, no le importaba nada, ni siquiera la empresa que había levantado de la nada y que era una de las mejores de Italia.

—Tu dueño es un idiota —le dijo a Pippo, quien abrió un ojo en señal de estar de acuerdo y volvió a quedarse dormido en el rincón de la cocina.

La cocina de Natalie.

Se preguntó cuándo había dejado de pensar en la casa como un proyecto suyo para comenzar a transformarla en un lugar donde Natalie quisiera vivir. ¿La primera vez que hicieron el amor? ¿Cuando vio sus sucias uñas después de que quitara las malas hierbas al jardín de su abuela? ¿O todo había empezado cuando ella llegó a casa de su abuela y lo vio a él mirando desde el tejado?

Sólo tenía una respuesta: había sido fácil enamorarse de ella y no quería dejarla, por lo que sólo podía hacer una cosa.

—Acaba de salir —le dijo Barbara Wade cuando llamó—. Lo siento, pero ha decidido volver antes, mi chófer la está llevando al aeropuerto en estos momentos.

—Creo que no puedo permitir que eso suceda. Voy a casarme con su nieta y no creo en los compromisos largos ni en las relaciones a distancia. Quiero que se quede aquí conmigo.

—Entonces le sugiero que no pierda tiempo. Samuele es un conductor muy prudente y le lleva una ventaja de diez minutos, si se da prisa lo alcanzará antes de que llegue a la ciudad. ¿Quiere llevar uno de mis coches? No creo que llegue en su camioneta.

—Gracias, signora Wade, pero tengo otro medio de transporte.

—Entonces busque un Mercedes negro. Buena suerte. Espero la llegada de mi nieta con impaciencia.

Capítulo 13

AUNQUE una especie de descrédito la protegía de su último encuentro con Demetrio, Natalie sabía que no podía quedarse en Italia, porque la tentación de presentarse en la casa de al lado y suplicarle otra oportunidad era demasiado fuerte y no podría no caer en ella. Marcharse había sido difícil y, cuando desde el coche de su abuela vio las chimeneas de Villa Delfina tras los árboles, se derrumbó. La inundaron recuerdos de su amor de verano: el día que llegó a Amalfi y pilló a Demetrio mirándola desde su tejado, la tarde que él la llevó a casa en su camioneta e iba con su perro en el regazo... Se acordó de su tacto, sus besos, el fuego en sus azules ojos antes de llegar al orgasmo, de sus apelativos cariñosos y las palabras que le decía en italiano.

Deberían haber estado juntos para siempre. Hubieran llenado sus noches de pasión y sus días de risas. Deberían haber tenido hijos. Desde el principio, ella lo había dado todo, era la única forma de amar que conocía y, también desde el principio, él había retenido, sin poder evitarlo, una parte de sí mismo. Quizá había mujeres que podían vivir con ello, pero Natalie no era una de ellas. Tarde o temprano habría socavado su relación y era mejor que fuera en ese momento en que ambos eran todavía libres, a que sucediera cuando estuvieran casados y con hijos.

Natalie apoyó la cabeza en el reposacabezas de su

asiento y cerró los ojos deseando quedarse dormida, pero el claxon de un coche que los seguía le llamó la atención.

—¡Loco! —se quejó Samuele mirando por el retrovisor.

El claxon sonó de nuevo y, por el rabillo del ojo, Natalie vio un Ferrari rojo a su izquierda que, en lugar de adelantarlos, se colocó a su lado.

—¡Imbécil! —exclamó Samuele—. ¿Dónde está la policía cuando la necesitas?

—Creo que está intentando decirte que pares —comentó Natalie mientras bajaba la ventanilla para poder ver mejor—. A lo mejor es la policía en un coche de incógnito.

—Creo que más bien es un loco, señorita.

El Ferrari se colocó delante del Mercedes y frenó en seco obligando a Samuele a hacer lo mismo. El conductor del Ferrari se bajó del coche enseguida y se dirigió hacia el Mercedes. Samuele había echado los seguros, pero el hombre había alcanzado la puerta de Natalie, cuya ventanilla estaba bajada, abrió el seguro y se sentó a su lado. Entonces, la abrazó. Su voz salió de las profundidades de su pecho, rota por la emoción.

—Gracias a Dios que te he alcanzado a tiempo, princesa.

Demetrio tardó unos minutos en convencer a Samuele de que Natalie no corría peligro con él. Natalie se fue con Demetrio y esperaba que el sueño acabara para que la realidad volviera a golpearla de nuevo, pero no ocurrió. Demetrio la llevó a Villa Delfina, detuvo el coche y le dijo:

—Estamos en casa, princesa.

Ella se echó a llorar, sollozaba mientras intentaba

decir que lo sentía y que estaba bien, pero todo lo que pudo emitir eran sonidos ininteligibles. Demetrio la abrazó suavemente, apoyó la cara de ella en su hombro y le acarició el pelo mientras la dejaba llorar. Natalie permaneció así largo rato y cuando se incorporó tenía hipo y había dejado la camisa de Demetrio mojada.

—¿No tendrás una bolsa de papel en el coche?

—Creo que no, mi amor. ¿Por qué?

—Para ponérmela en la cabeza. Debo de estar horrible, como un tomate aplastado.

—Pero yo soy italiano, ¿recuerdas? Me encantan los tomates. Son un alimento básico en mi dieta y no puedo imaginarme un solo día sin ellos.

—Apuesto a que les dices eso a todas —dijo esbozando una sonrisa.

—No, princesa. Sólo te lo digo a ti porque eres la única mujer en mi vida y si me abandonas de nuevo no seré nada.

—No quería marcharme, pero no podía soportar quedarme pensando que lo nuestro había terminado.

—No terminará nunca.

—¿Estás seguro?

—Sí —respondió antes de besarla desesperadamente.

Minutos más tarde, Demetrio le preguntó:

—¿Quieres entrar en casa y dejar que me explique?

—Claro —contestó ella—. ¿Dónde está tu camioneta? ¿De quién es este coche?

—La camioneta se ha jubilado y el coche es mío.

—Debería haberlo imaginado —comentó riendo—. ¿Qué italiano que se precie no tiene un Ferrari rojo?

—También —le dijo al oído— tengo un Lamborghini, pero no es rojo.

—Son demasiadas cosas que asimilar, así que será mejor que comiences con las explicaciones.

–¿Podemos decirle a tu abuela que venga? Cuando hablé con ella por teléfono, le mencioné algunas cosas que no habrá entendido.

Cuando Barbara llegó, Demetrio la hizo pasar al salón y esperó a que le diera un abrazo a Natalie y a que se sentara a su lado en el sofá para comenzar a hablar.

–Como sabéis, desde el día que regresé, he falseado mi identidad y no soy el tipo que os he hecho creer que era, pero antes de pediros que me perdonéis o que me aceptéis, debéis saber algunas cosas.

–Entonces, cuéntanoslas y déjate de intrigas.

–Bien –Demetrio caminó por la habitación y se detuvo frente a un cuadro de una mujer de unos cuarenta años, que había colgado sobre la chimenea después de la última visita de Natalie. Vestía de forma elegante y llevaba un collar de perlas de tres vueltas que terminaba en colgante de diamantes con los pendientes a juego. Natalie la había reconocido–. Ésta es mi abuela.

–Sí, la recuerdo muy bien. Era una dama.

–Ella era mi inspiración. Por ella me embarqué en un arduo y largo viaje desde lo que yo era cuando ella murió hasta lo que soy ahora. Tenía veintiocho años cuando regresé a Italia después de mi estancia en Princeton y me establecí en Milán porque allí había comenzado trabajando en la construcción.

–Ahora me explico cómo has sido capaz de reformar esta casa.

–Fue ésta, y no mi educación, lo que hizo de mí un hombre, por eso volví a ella y abrí mi propio negocio de reformas con cinco empleados. Pedí un préstamo y compré una casa en ruinas en una buena zona, próxima a un parque y a la parte turística de la ciudad, y la convertí en un hotel con tienda. Fue una apuesta arriesgada, pero se me dio bien. Desde entonces, he crecido considerablemente con sucursales en Florencia y Génova —miró a Natalie sonriendo—. Y desde hace poco, también en la costa Amalfi.

—Esas furgonetas con rótulos dorados… Emerenzia Costruzione… ¡Eran tuyas!

—En efecto. Emerenzia era el segundo nombre de mi abuela. Entonces, pude permitirme tener coches de lujo, un piso en la zona más cara de la ciudad, un refugio en los Alpes para ir a esquiar, un apartamento en Venecia… —en esta ocasión, se giró hacia Barbara—. No digo todo esto para impresionarla, sino para aclarar su posible duda de que estoy con Natalie por su dinero.

—Ese pensamiento se me había pasado por la cabeza, pero, por favor, continúe con su historia.

—Después de un tiempo, comencé a estar molesto. Me di cuenta de que había algo que el dinero no podía comprar: demostrar a los que me conocían cuando no era nadie y no tenía nada que era el heredero de los Bertoluzzi que no continuaría con el legado de sus antecesores. Podía haber tomado el camino más fácil y haber cambiado de nombre, vendido esta casa, haberme casado y haber fundado una nueva dinastía en Milán. Pero hacerlo hubiera significado negar a la única persona que había creído en mí y eso no lo haría nunca. Soy lo que soy gracias a mi abuela y lo menos que podía hacer era borrar la vergüenza que la había llevado a la tumba, Así que volví al lugar que más había amado para devolverle su esplendor.

—Pero no dijiste nada a nadie. Elegiste ocultar en lo que te habías convertido y no puedo entender por qué. ¿Qué esperabas conseguir vistiéndote como un obrero y conduciendo ese patético trasto? ¿Por qué no te mostraste como el hombre que realmente eres y así evitar la sospecha y desconfianza que provocaste con tu comportamiento?

—¿Y qué hubieran pensado si hubiese llegado capaz

de poder pagar todo esto tal y como mi abuelo era capaz de pagar cualquier cosa que quería?

Ella abrió la boca para responder, pero la volvió a cerrar por lo evidente de la contestación.

—Exacto. La sospecha y desconfianza habrían sido mayores. Además, hay otra razón. Necesitaba probar que soy capaz de tomar una tarea difícil y finalizarla trabajando honestamente, no sólo a vosotros, sino también a mí mismo. Era el regalo a mi abuela. Y creo haber conseguido mi objetivo.

—Yo también lo creo —comentó Natalie—. Yo creo en ti, Demetrio.

—Y yo creo que estaba en lo cierto cuando dije que eras más de lo que aparentabas —dijo su abuela—. Eres un joven extraordinario, Demetrio Bertoluzzi.

—Todavía hay más —dijo dirigiéndose a Natalie—. No hace mucho, me acusaste de mentirte y, tenías razón. Te mentí los últimos dos meses.

—¿Por qué, Demetrio? No entiendo nada —replicó Natalie asustada.

—Porque la policía me pidió cooperar para arrestar a un hombre cuya avaricia había causado mucha miseria y quien, en libertad, hubiera continuado causando el caos. Sabes de quién estoy hablando, princesa, de Guido Cattanasca.

—¿Ese ser abominable? Ya era hora de que alguien le parara los pies, pero no veo por qué la policía te tuvo que implicar.

—Quería comprar esta casa porque había sobornado o coaccionado a quienes tenían autoridad para cambiar las leyes de urbanismo y que le permitieran tirar la casa y construir un complejo residencial en este terreno.

—¡Cielo santo! —Barbara parecía estar al borde del colapso.

–Veo que no tengo que explicar el devastador impacto que eso habría supuesto en usted y nuestros demás vecinos. Por eso, y para poner fin a otros tratos ilícitos en los que estaba envuelto Cattanasca, fue por lo que acepté colaborar con la policía –centró su atención en Natalie, otra vez–. Siento mucho que a causa de mi acuerdo de confidencialidad con ellos y para protegerte de Cattanasca tuviera que mentirte. Te prometo que nunca más te volveré a engañar o a decepcionar.

–No te atrevas a excusarte. Eres perfecto tal como eres.

–Oh, princesa. Me queda mucho para ser perfecto.

–¡Qué dices! Eres mi héroe.

–Los héroes no permiten que su orgullo les haga perder a la persona que más les importa en el mundo.

–Di lo que quieras, Demetrio. Para mí eres un héroe lo quieras o no.

–Entonces, quizá consideres lo que me queda por decirte.

–Oh –su abuela saltó del sofá–. Aquí es donde yo desaparezco. ¿Dónde está la bodega?

–Al lado de la despensa de la cocina. Cruza el vestíbulo y al lado de la escalera...

–Ya la encontraré, cielo. Tú tienes cosas más importantes de las que preocuparte.

–¿De qué está hablando? –preguntó Natalie nerviosa mientras Barbara se alejaba–. ¿Qué clase de cosas te preocupan?

–Es que no sé si me vas a dar la respuesta que espero –se arrodilló delante de ella–. No te he dicho esto antes porque había otros asuntos que resolver primero, pero ahora soy libre para decirte que te amo, Natalie. No puedo imaginarme que no estés a mi lado y quiero que compartas tu vida conmigo, que construyamos un hogar y tengamos hijos.

Se detuvo el tiempo suficiente para sacar una pequeña caja aterciopelada de su bolsillo que, al abrirla, dejó a la vista un diamante montado en platino.

—Sé que planeas suceder a tu abuela en Wade International algún día y nunca te pediría que no lo hicieras. Lo que te pido es que te cases conmigo.

—¡Oh! —el diamante relucía y Natalie no pensaba que tuviera más lágrimas que derramar pero le inundaron los ojos—. Acepto. Estaré orgullosa de casarme contigo, Demetrio, de ser la madre de tus hijos y la señora de Demetrio Bertoluzzi.

—Te prometo que no te arrepentirás nunca, mi amor.

—Deja de hablar y bésame.

La besó lenta y ardientemente.

—Esto es sólo para empezar, lo mejor está por llegar.

—Creo que... —dijo la abuela mientras entraba en el salón con Pippo y dejaba una bandeja fuera del alcance de éste— he tomado la decisión adecuada al abrir esta botella de champán.

—Sí que lo ha hecho. Su nieta ha aceptado convertirse en mi mujer.

—Entonces, supongo que te la llevarás a vivir a Milán.

—No tengo esa intención. Esta casa debe llenarse de amor y de niños, de nuestros niños. Voy a abrir otra sucursal de mi empresa en esta zona. Después de todo, Cattanasca está fuera de juego y hay sitio para sustituirlo dentro de la ley y reparar algunos de los daños que él ha causado. Pero también sé lo que es separarse de la persona que te ha guiado en la vida y por eso, nunca pediría a Natalie que dejara el fuerte vínculo que tiene con usted. Espero que eso sea suficiente para que nos dé su bendición, señora Wade.

—Sabes que la tienes y, Demetrio, mis amigos me llaman Barbara y como tú estás a punto de formar parte de la familia, consideraría un honor que hicieras lo mismo. Ahora vamos con el champán, me gustaría hacer un brindis –levantó su copa–. Por ti, mi querida Natalie, por haber visto lo bueno de este hombre que yo, con mi experiencia, fui incapaz de detectar. Y por ti, Demetrio, por los riesgos que has tomado para llegar a este día. Espero que vuestra vida en común sea larga y feliz.

Natalie lo miró por encima de su copa y se encontró atrapada en su mirada. Él sonrió y le hizo un guiño largo y lento con el que le prometió todo aquello y mucho más.

Bianca®

¿Podría llevar la farsa hasta el final?

La alocada hermana gemela de Nina se había quedado embarazada para atrapar a un rico playboy. Pero su amante murió repentinamente, y dejó a Nina al cuidado del bebé.

Ahora Marc Marcello quería recuperar a la hija de su hermano… Y el guapísimo italiano siempre conseguía lo que deseaba. Pero confundió a la tímida y virginal bibliotecaria con su hermana gemela…

Nina estaba dispuesta a hacerse pasar por su hermana para proteger al bebé, incluso dejaría que la comprara para convertirla en su esposa…

Soy otra mujer

Melanie Milburne

Acepte 2 de nuestras mejores novelas de amor GRATIS

¡Y reciba un regalo sorpresa!

Oferta especial de tiempo limitado

Rellene el cupón y envíelo a
Harlequin Reader Service®
3010 Walden Ave.
P.O. Box 1867
Buffalo, N.Y. 14240-1867

¡Si! Por favor, envíenme 2 novelas de amor de Harlequin (1 Bianca® y 1 Deseo®) gratis, más el regalo sorpresa. Luego remítanme 4 novelas nuevas todos los meses, las cuales recibiré mucho antes de que aparezcan en librerías, y factúrenme al bajo precio de $3,24 cada una, más $0,25 por envío e impuesto de ventas, si corresponde*. Este es el precio total, y es un ahorro de casi el 20% sobre el precio de portada. !Una oferta excelente! Entiendo que el hecho de aceptar estos libros y el regalo no me obliga en forma alguna a la compra de libros adicionales. Y también que puedo devolver cualquier envío y cancelar en cualquier momento. Aún si decido no comprar ningún otro libro de Harlequin, los 2 libros gratis y el regalo sorpresa son míos para siempre.

416 LBN DU7N

Nombre y apellido	(Por favor, letra de molde)

Dirección	Apartamento No.

Ciudad	Estado	Zona postal

Esta oferta se limita a un pedido por hogar y no está disponible para los subscriptores actuales de Deseo® y Bianca®.
*Los términos y precios quedan sujetos a cambios sin aviso previo.
Impuestos de ventas aplican en N.Y.

SPN-03   ©2003 Harlequin Enterprises Limited

Jazmín®

La mejor familia

Nicola Marsh

Tenía que demostrarle que podía ser el padre que su hijo necesitaba... y el marido que ella merecía...

Aimee, empresaria de éxito y madre soltera, tenía todo lo que deseaba en la vida y lo que más quería era a su pequeño Toby. Pero ahora el niño estaba enfermo y Aimee necesitaba a la única persona que había creído que no volvería a ver: el padre de Toby, Jed.

Al abandonar a Aimee cinco años atrás, Jed había creído estar haciendo lo que debía. No había sospechado que Aimee estaba embarazada ni había imaginado el daño que le haría al marcharse. Ahora Jed había encontrado a su familia e iba a luchar para recuperar el tiempo perdido...

Deseo®

Años de amor

Kathie DeNosky

Hacía trece años, Nick Daniels había estado a punto de casarse con Cheyenne Holbrook, pero la boda había sido suspendida repentinamente. Obligado a marcharse de la ciudad por el poderoso padre de Cheyenne, Nick había prometido volver para vengarse de la mujer que él creía que lo había traicionado.

Ahora una inesperada herencia había convertido a Nick en el propietario de un rancho de Wyoming... y en el jefe de Cheyenne. Por fin podría vengarse, pero antes quería satisfacer otros deseos, para lo cual tendría que seducir a Cheyenne...

En otro tiempo había huido de aquel rancho... pero ahora era su propietario